URSULA ISBEL

Das Schloß im Nebel

EIN ROMANTIK-THRILLER

Schneider-Buch

Deckelbild und Illustration:
Haidrun Gschwind
Textredaktion: Karin Bonow-Lochner
Bestellnummer: 7768

München – Wien
ISBN 3 505 07768 2

1

Noch heute erinnert mich das helle, klingende Getrappel von Pferdehufen auf gepflasterten Straßen an meine Ankunft in Schottland – jenen dunklen Juliabend, an dem das Abenteuer begann.

Ich wußte, daß ich vom Bus abgeholt werden sollte, doch auf den knochigen Mann im Schottenrock und die altmodische offene Kutsche mit dem unruhig stampfenden Pferd in der Deichsel war ich nicht gefaßt. Die Kutscherlampen brannten, denn es war schon dunkel; und der Alte mit den durchdringenden blauen Augen erschien mir wie eine Gestalt aus längst vergangener Zeit.

Er wußte sofort, wer ich war. Unter all den schlichten Hochlandbauern, den Touristen und Schäfern, die aus dem Bus stiegen, war es wohl nicht schwer, eine junge Ausländerin zu erkennen. Er murmelte nur: „Willkommen, Miß", und ich erwiderte scheu: „Guten Abend." Da nahm er meine Taschen und Koffer und lud sie mit überraschender Kraft auf die Kutsche.

Ich stand wartend daneben und sah die Dorfstraße hinunter, wo zwischen den niedrigen Häusern vereinzelte Gestalten im Lichtkegel der Straßenlaternen auftauchten und wieder verschwanden.

Dann stieg ich aufs Trittbrett und setzte mich auf die harte Bank hinter dem Kutschbock. Ein Mann trat aus der nahen Gastwirtschaft und rief dem Kutscher etwas zu – in einem rauhen, harten Englisch, das ich kaum verstand. Das einzige, was ich deutlich hörte, war der Name „Rannoch". Doch ob er damit die Ortschaft meinte, in der wir uns befanden, den See, an dem sie lag, das Moor, das sie umgab, oder mein Reiseziel, das Schloß, konnte ich nicht erraten. Denn Ort, See, Moor und Schloß trugen alle denselben Namen: Rannoch.

Die Erwiderung des Alten ging im Knarren der Wagenräder unter. Die Pferdehufe klapperten auf dem Pflaster; langsam zuerst, dann immer schneller, und wir fuhren die Hauptstraße entlang. Einige Männer und Frauen blieben stehen und grüßten den Kutscher. Rauch stieg aus den Kaminen, und ich atmete zum erstenmal den fremdartigen, süßlich-herben Geruch der Torffeuer ein, der mir bald so vertraut werden sollte.

Hinter der Ortschaft, an der Spitze des Sees, stieg der Weg rasch an. Der Wagen ächzte und holperte über den steinigen Pfad. Ab und zu sah der Mond zwischen den Wolken hervor, die in Fetzen über den Himmel jagten, und tauchte die Hügel in ein bleiches Licht – eine Landschaft, die mich mit ihrer wilden Schönheit fast beängstigte. Unter riesigen, dunklen Fichten wogte ein Meer von Farnkraut, und dazwischen schimmerten Wasseradern wie dunkle Augen.

Es ging weiter bergan – immer steiler, so daß ich zwischen Mitleid mit dem Pferd und der Angst schwankte, der Wagen könnte zurückrollen und sich auf dem Hang überschlagen. Ich wagte es nicht, mich umzusehen; doch der alte Kutscher verriet keinerlei Erregung. Er saß hoch aufgerichtet und unbeweglich auf seiner Bank, und sein graues Haar glänzte wie Silber, wenn ein Mondstrahl es traf.

Je höher wir kamen, desto lichter wurde der Wald. Die Hügel waren von niedrigem Buschwerk überzogen, und zwischen den Felsblöcken tauchten vereinzelte Häuser auf, deren erleuchtete Fenster in der Dunkelheit wie die Augen von Raubkatzen glühten. Wie mochten Menschen so abgeschieden leben? Doch sie wohnten gar nicht so weit vom Ort entfernt, verglichen mit der Familie auf Schloß Rannoch. Das wurde mir immer mehr bewußt, je weiter die Räder der Kutsche rollten und je tiefer wir in das wilde Hochmoor kamen.

Wir ratterten zwischen gewaltigen Felsblöcken dahin und blieben einmal um ein Haar in einem Sumpfloch stecken. Der Mond beleuchtete das Wollgras auf den Wiesen, das einem Heer von geisterhaften Flämmchen glich. Ich hörte Eulen schreien und sah, wie der Nebel in zerfetzten Schwaden über dem Moor lagerte.

Es war wie in einem Traum. Ich hatte Angst und versuchte mich damit zu beruhigen, daß ich an die Straßen unserer Stadt mit ihren Leuchtreklamen dachte, die Cafés, den dichten Verkehr – all das, was noch gestern ein Teil meines Lebens gewesen war. Doch hier im schottischen Hochmoor erschien es mir plötzlich so unwirklich, als sei ich in einer anderen Welt, auf einem fremden Stern.

Endlich kündigte Hundegebell die Nähe einer menschlichen Behausung an, und das Pferd griff rascher aus. Ich beugte mich vor und spähte in die Dunkelheit. In der Ferne brannte ein Licht; nein, es waren viele Lichter. Und als der Mond wieder zwischen den Wolken erschien, sah ich auf dem Hügel über den Felsen die Umrisse eines Gebäudes, das selbst wie ein mächtiger, grob behauener Felsklotz wirkte.

Wieder erschien es mir unglaublich, daß hier Menschen lebten – in dieser tiefen, wilden Einsamkeit. In meine Verwunderung mischte sich Furcht vor dem Neuen, Unbekannten, das mich hinter den Mauern von Schloß Rannoch erwartete.

Wir passierten das Tor mit zwei steinernen Pfosten und schmiedeeisernen Torflügeln. Ich merkte, wie sich meine Hände im Schoß verkrampften. Ein Rudel Hunde kam uns vom Schloß her entgegengestürmt. Sie umkreisten das Pferd mit freudig erregtem Kläffen und sprangen am Kutschbock hoch. Dann entdeckten sie, daß eine Fremde im Gefährt saß, und begannen zu bellen – einer zuerst, dann die ganze Meute.

„Keine Angst, Miß", sagte der Kutscher, sprang vom Bock und griff nach einem der Koffer. „Sie tun Ihnen nichts."

Ich nickte nur und kletterte vom Trittbrett. Die Hunde umsprangen und beschnupperten mich und leckten meine Hände. Einen flüchtigen Augenblick lang dachte ich an meine Kindheit auf dem Land – an die Pferde und Hunde meines Vaters, das freie Leben, nach dem ich mich später so oft zurückgesehnt hatte. Ich bückte mich und streichelte weiche Köpfe, samtene Lefzen und Ohren.

„So, so", murmelte der alte Mann. „Ist ja schon gut. Laßt das Mädel jetzt zufrieden, sie hat eine lange Reise hinter sich."

Mir war, als klänge seine Stimme plötzlich viel freundlicher, als würden seine kantigen Gesichtszüge weicher, während er in den Lichtkreis der Kutscherlampe trat.

Wir gingen aufs Schloß zu, gefolgt von den Hunden. Der Mond beleuchtete hohe, feindselig wirkende Mauern aus grauem Stein. Das Eingangstor war von zwei dicken, sechseckigen Türmen flankiert. Im Erdgeschoß wurde plötzlich ein Fenster erleuchtet, dann ein zweites. Der Kies knirschte unter unseren Füßen, und die Blätter der Rieseneiche, die zur Linken der Freitreppe stand, raschelten im Wind.

Als ich den Fuß auf die unterste Stufe setzte, schwang das eisenbeschlagene Portal auf, und die Gestalt eines Mannes erschien auf der Schwelle. Er zeichnete sich dunkel gegen den hellen Hintergrund der Halle ab und warf einen verzerrten Schatten über den Vorplatz.

„Da sind Sie ja, Finn", sagte er. „Und Miß Helmer. Willkommen auf Schloß Rannoch. Hatten Sie eine gute Reise?"

Ich antwortete höflich, ja, ich hätte eine gute Reise gehabt, und er trat zur Seite, um mich eintreten zu lassen.

Sekundenlang blendete mich die Helligkeit in der Halle, doch dann gewöhnten sich meine Augen an das Licht. Ich bemerkte einen mächtigen Marmorkamin, eine rauchgeschwärzte Balkendecke, Geweihe an den Wänden und Tierfelle auf dem Boden – und über allem einen geschmiedeten Leuchter von gewaltigen Ausmaßen.

Finn, der Kutscher, hatte mein Gepäck in der Türnische abgestellt und war wieder in der Dunkelheit verschwunden, gefolgt von den Hunden. Das Portal schloß sich mit dumpfem Knall hinter ihm, und der Schloßdiener sagte: „Ich führe Sie jetzt hinauf, Miß. Lord und Lady Campbell erwarten Sie schon."

Ich war müde nach der langen Reise und hätte mich lieber zuerst gewaschen und umgezogen, wagte jedoch keinen Einwand. Schließlich war ich nicht als Gast auf Schloß Rannoch, sondern als eine Art Bedienstete – eine Mischung aus Erzieherin und Kindermädchen, wie mein Vormund es ausgedrückt hatte. So legte ich gehorsam meinen Umhang ab und folgte dem Mann zur Treppe.

Lord und Lady Campbell von Rannoch empfingen mich im Salon, einem ungemütlich wirkenden Raum mit steiflehnigen Stühlen und stuckverzierter Decke. Ich hatte Herzklopfen beim Eintreten, und Lady Campbells hochmütiges, verschlossenes Gesicht verstärkte mein Unbehagen. Ihr Mann sah weniger vornehm aus, dafür aber sympathischer. Sein kupferfarbenes Haar war gesträubt, als wäre ein Windstoß hineingefahren, und seine Nase zeigte eine Neigung, rot anzulaufen. Als ich in den Salon geführt wurde, sprang er auf und kam mir entgegen.

„Na, da sind Sie ja, Miß Helmer", sagte er mit lärmender Freundlichkeit. „Frisch aus Deutschland importiert, wie?" Er lachte schallend über seinen eigenen Witz, während seine Frau keine Miene verzog, und fuhr fort: „Wir wohnen hier fast am Ende der Welt – so muß es Ihnen jedenfalls vorkommen, habe ich recht?"

Er ließ mir keine Zeit, zu antworten, sondern führte mich zur Sitzgruppe am Kamin, wo Lady Campbell majestätisch thronte. „Meine Frau brennt schon darauf, Sie kennenzulernen."

Die Lady sah nicht aus, als würde sie darauf brennen, mich kennenzulernen. Sie gab mir zur Begrüßung nicht die Hand und musterte mich mit ihren kalten, etwas vorstehenden blauen Augen so abschätzend, daß ich mich wie ein Kind vor einer strengen Lehrerin fühlte. Immerhin forderte sie mich auf, Platz zu nehmen, und sagte: „Ich nehme an, Sie sind müde von der langen Reise. Eine Tasse Tee wird Ihnen guttun. Roderick, läute bitte."

Ihr Mann ging folgsam zur Tür und betätigte einen altmodischen Klingelzug. „Nun", begann Lady Campbell herablassend, „ich will Sie heute nicht mehr allzulange in Anspruch nehmen, aber ich denke, ein kurzes Gespräch ist unerläßlich. Mein Mann und ich wollten uns gern ein Bild von Ihnen machen. Wir haben bisher ja nur schriftlich mit Mr. Freese verhandelt, einem wirklich entgegenkommenden und angenehmen Mann, wie ich sagen muß."

Sie wartete eine Weile, doch ich erwiderte nichts. Lord Campbell warf ein: „Ist Mr. Freese mit Ihnen verwandt?"

„Nein", sagte ich. „Er ist nur mein Vormund."

„Nun, wie Mr. Freese mir schrieb, war Ihre Mutter gebürtige Engländerin, so daß Sie keine Sprachschwierigkeiten haben dürften, Miß Helmer", fuhr Lady Campbell fort. „Sie sind also gerade erst von der Schule abgegangen?"

Ich nickte. „Mein Vormund wollte, daß ich möglichst rasch einen Beruf ergreife. Deshalb habe ich jetzt das Gymnasium verlassen und möchte im nächsten Jahr eine Fachschule besuchen, um Erzieherin zu werden." Ich stockte und fügte hinzu: „Falls ich mich für diesen Beruf eigne."

„Na, hier haben Sie die beste Gelegenheit, das auszuprobieren", warf Sir Roderick ein. „Unser Colin ist kein einfaches Kind – nein, wahrhaftig nicht. Ein schwieriger Junge." Er seufzte. „Schwierig nicht im üblichen Sinn, wissen Sie. Wenn er Fensterscheiben einwerfen und mir Frösche ins Bett legen würde, das sollte mich nur freuen. Aber . . .“

Ich sah, wie seine Frau ihm einen warnenden Blick zuwarf. Sie schnitt ihm das Wort ab. „Colin ist überempfindlich und leicht erregbar, aber ich hoffe, daß Sie keine Schwierigkeiten mit ihm haben werden.“

Sie wurde durch ein Klopfen an der Tür unterbrochen. Ein Dienstmädchen im schwarzen Kleid und weißer Schürze trat ein und schob einen Teewagen vor sich her. Sie deckte rasch und geschickt den Klapptisch aus Mahagoni, der neben dem Kamin stand, und Lady Campbell sagte: „Danke, Mary, wir brauchen Sie jetzt nicht mehr.“ Sie goß ihrem Mann und mir Tee ein, während das Dienstmädchen leise wieder verschwand.

„Ja“, fuhr sie fort, „Sie wissen sicherlich bereits von Ihrem Vormund, daß Sie Colin in Deutsch unterrichten sollen. Außerdem erwarte ich, daß Sie ihm geeignete Bücher vorlesen, seine Schularbeiten überwachen, mit ihm zeichnen und spazierengehen und überhaupt dafür sorgen, daß er seine Freizeit künftig sinnvoll verbringt.“

Ich sah sie an und dachte wieder, wie kalt ihre Augen doch waren.

„Der Junge braucht dringend Aufsicht und einen geregelten Tagesablauf“, fügte sie hinzu. „Wir haben in letzter Zeit etwas die Kontrolle darüber verloren, wie er seine freien Stunden verbringt und wo er sich aufhält. Man sollte Kinder nie zu sehr sich selbst überlassen, finde ich.“

Was sie sagte, klang vernünftig, doch der Ton, in dem sie es vorbrachte, flößte mir Unbehagen ein. Ich trank meinen Tee und merkte, daß Lord Campbell sich unruhig auf seinem Stuhl bewegte. „Der Junge braucht auch jemanden, der es gut mit ihm meint“, sagte er plötzlich, und etwas wie Vorwurf schwang in seiner Stimme. „Kinder brauchen nicht nur Kontrolle, sondern auch Liebe.“

Der Blick, den seine Frau ihm zuwarf, erinnerte mich unwillkürlich an einen Eisberg, doch ehe sie etwas erwidern konnte, fuhr er hastig fort: „Ich hoffe, er faßt Zuneigung zu Ihnen, Miß Helmer."

„Das hoffe ich auch", sagte ich aufrichtig. „Wann werde ich ihn kennenlernen?"

„Morgen", antwortete die Lady. „Er wollte natürlich unbedingt aufbleiben, um Sie heute noch zu sehen, aber wir haben ihn zu Bett geschickt." Sie lehnte sich zurück. „Ihr Vormund hat Sie mir als zuverlässig und pflichtbewußt geschildert, Miß Helmer, obwohl Sie ja noch sehr jung sind."

„Ich bin gerade siebzehn geworden", erwiderte ich.

„Alles wird davon abhängen, ob es Ihnen gelingt, Colin mit der nötigen Festigkeit zu begegnen und sich bei ihm durchzusetzen. Er ist ein ziemlich starrsinniger Junge – leider. Mr. Fingal, der jeden Tag aus dem Ort kommt, um ihn zu unterrichten, klagt oft über Colins Eigensinn." Sie seufzte. „Nun, ich nehme an, Sie wollen sich jetzt zurückziehen. Roderick, bitte läute nach McGregor. Er soll Miß Helmer auf ihr Zimmer bringen."

Wieder stand Lord Campbell gehorsam auf, ging zur Tür und zog zweimal am Klingelzug. Dann wandte er sich zu mir um und sagte: „Ich hoffe, Sie sind nicht furchtsam, Kind. Wir wohnen hier in einer der wildesten Gegenden Schottlands, und die Stürme, die oft ums Schloß toben, sind für einen Stadtmenschen manchmal etwas beängstigend. Man muß sich erst an all das gewöhnen."

„Ich bin nie besonders furchtsam gewesen", sagte ich.

Lady Campbell nickte mir zu. „Das ist gut. Ich möchte nicht, daß Colin von jemandem beaufsichtigt wird, der ihn in seinen wilden Phantasien noch bestärkt."

Über den Flur näherten sich Schritte, und der Schloßdiener erschien im Türrahmen. „Ich habe Miß Helmers Gepäck schon nach oben gebracht", sagte er.

„Gut, dann führen Sie sie jetzt hinauf."

Damit war ich entlassen.

McGregor führte mich durch schlecht beleuchtete Gänge und Hallen mit einer Unmenge von Ahnenbildern der Campbell-Sippe in den linken Flügel des Schlosses. Einmal glitt ich auf einer Treppenstufe aus und griff gerade noch rechtzeitig nach dem Geländer, um mich festzuhalten. Da wandte sich McGregor um und sagte: „Seltsam, Miß, daß Sie gerade bei ‚Ladys Fall' gestolpert sind."

Ich mußte mir Mühe geben, um seinen rauhen schottischen Dialekt zu verstehen. „Bei Ladys Fall?" wiederholte ich. „Was ist das?"

„Hm, das können Sie freilich nicht wissen. Vor etwa zweihundert Jahren stolperte Lady Jane, die damals Herrin auf Rannoch war, über diese Stufen, fiel die Treppe hinunter und brach sich das Genick. Seitdem heißt die Treppe ‚Ladys Fall'."

Kopfschüttelnd ging er weiter. „Es gibt Leute in dieser Gegend, die munkeln, daß Lady Jane von ihrem eigenen Mann die Treppe hinuntergestoßen wurde – dem damaligen Lord Campbell, wissen Sie. Er soll sich dort in der Nische versteckt gehalten haben."

Ich sah mich um und entdeckte, daß sich in der Mauer am Rand der Treppe tatsächlich eine Höhlung befand. McGregor, plötzlich redselig geworden, erzählte schwer atmend weiter: „So mancher hat schon behauptet, er hätte Lady Janes Geist hier im Schloß umgehen sehen, aber das ist natürlich alles Altweibergeschwätz. Sir Roderick, unser Herr, hört so etwas nicht besonders gern."

Ich sagte mit leichtem Lächeln: „Bei uns in Deutschland heißt es, es gäbe kein schottisches Schloß ohne sein eigenes Gespenst. Hier auf Rannoch geht also eine Lady Jane um. Ich nehme an, das gehört sich so, nicht?"

„Ja", erwiderte er kichernd. „Da haben Sie recht, Miß. ‚Was der Mensch braucht, muß er haben', sagt meine Frau immer. Obwohl es gewisse Leute gibt, die besser nicht an solche Dinge glauben sollten."

Mit dieser geheimnisvollen Bemerkung knipste der Schloßdiener seine Taschenlampe an. „Auf diesem Flur gibt es leider noch kein elektrisches Licht, Miß. Sie müssen die Kerze benutzen, die auf dem Nachttisch steht." Er machte vor einer Tür halt, öffnete sie, schaltete Licht an und ließ mich eintreten.

„Das ist also Ihr Zimmer. Mary hat Ihnen einen kleinen Imbiß auf den Tisch gestellt, falls Sie hungrig sind."

„Oh, vielen Dank", sagte ich. „Werde ich morgen früh geweckt?"

„Mary wird Sie gegen acht Uhr abholen und ins Frühstückszimmer bringen. Das Bad ist am Ende des Flurs." Er richtete den Strahl seiner Taschenlampe auf eine kleine Tür. „Dann gute Nacht auch, Miß."

„Gute Nacht." Ich beobachtete, wie er zurücktrat und die Tür schloß und hörte, wie sich seine Schritte über den Flur entfernten. Dann sah ich mich um.

Das Zimmer, in dem ich während der kommenden Monate wohnen sollte, hatte die Ausmaße eines Tanzsaales. Das Himmelbett mit den gedrechselten Mahagonipfosten wirkte darin fast verloren. Die schweren Samtvorhänge bewegten sich im Luftzug. Die Wände waren mit dunklem Holz vertäfelt, das kassettenartige Verzierungen aufwies.

In einer Ecke standen meine Taschen und Koffer. Daneben befand sich eine Tür in der Wand, die genau in die Schnitzereien eingepaßt war und einen Spalt offenstand. Ich trat näher und bemerkte, daß es die Tür zu einem Wandschrank war. Zwischen den Kleiderbügeln hing mein Umhang, den ich in der Halle zurückgelassen hatte.

Ich schlüpfte aus den Schuhen und ging barfuß über den Teppich zum Kamin, ließ mich in einen der Sessel fallen und streckte seufzend die Beine aus.

Nun war ich also auf Schloß Rannoch. Ich hatte mir meine Ankunft so oft ausgemalt, doch nun spürte ich nur eine Mischung aus Verlassenheit und Erschöpfung – vor allem aber Zweifel, ob ich erfüllen konnte, was Lord und Lady Campbell von mir erwarteten.

Ich hatte mir alles so einfach und wunderbar vorgestellt, fast wie in einem Roman: auf einem Schloß in Schottland zu leben und einen kleinen Jungen zu beaufsichtigen. „Es wird eine Art Prüfstein für dich sein, damit du feststellen kannst, ob du dich für diesen Beruf eignest", hatte mein Vormund gesagt, und: „Ich erwarte von dir, daß du deine Pflicht tust." Ich fröstelte unwillkürlich. Pflicht – etwas anderes hatte ich von ihm nie gehört.

Die Wirklichkeit war anders als mein Traum, weder einfach noch wunderbar. Ich stand auf, trat ans Fenster und schob die Vorhänge zur Seite. Der Mond beleuchtete die wilde, rauhe Landschaft, verwandelte die Bäume in geduckte Gestalten, die Felsblöcke in ein Heer bedrohlicher Riesen.

Ein Schrei kam aus den dunklen Wäldern, und ich fuhr schaudernd zurück. War es ein wildernder Hund oder ein Wolf? Gab es überhaupt Wölfe im Hochmoor? Rasch zog ich die Vorhänge wieder zu und ging zum Tisch. Die belegten Brötchen sahen appetitlich aus, doch meine Kehle war wie zugeschnürt.

Ich zog mich aus, schlüpfte in meinen Morgenmantel und öffnete die Zimmertür. Der Flur war dunkel wie eine Gruft. Wie sollte ich das Badezimmer finden? Ich ging zum Nachttisch und griff nach dem Kerzenleuchter. Eine Packung Streichhölzer lag daneben.

Die Kerzenflamme zuckte im Luftzug, als ich auf den Flur trat. Der flackernde Schein irrte über die Wände, den Boden, traf endlich die Badezimmertür. Sie stand offen, während sie vorher, als ich mit McGregor heraufgekommen war, geschlossen gewesen war.

Hellbraunes, weiches Moorwasser kam aus der Leitung. Ich wusch mich nur flüchtig. Mein Gesicht in dem halbblinden Badezimmerspiegel wirkte so blaß und erschöpft, daß ich mich im ersten Moment nicht wiedererkannte und erschrocken dachte, eine Fremde blicke mir über die Schulter.

Der Wind flüsterte in den Bäumen, als ich endlich zu Bett ging.

Ich blies die Kerze aus. Die Finsternis um mich her war wie eine Mauer. Trotz aller Müdigkeit konnte ich nicht einschlafen.

Langsam gewöhnten sich meine Augen an die Dunkelheit. Ich konnte die Umrisse der Möbel unterscheiden, den Betthimmel über mir, die klaffende Öffnung des Kamins. Irgendwo schrie ein Nachtvogel, und ein zweiter antwortete.

Ich schloß die Augen und sah Lady Campbells hochmütiges Gesicht vor mir, ging im Geist noch einmal durch die Flure des Schlosses, glaubte das Holpern der Kutsche auf dem steinigen Weg zu spüren. Die Wandvertäfelung knackte leise.

Dann aber hörte ich plötzlich ein anderes Geräusch: ein leichtes Schlurfen und Schleifen in der Stille der Nacht.

Ich richtete mich auf und hielt den Atem an. Wieder ein Laut. Er kam von der Tür. Jemand drehte am Knauf, unendlich vorsichtig, doch ich hörte es so deutlich, als wären meine Sinne übernatürlich geschärft.

Dann öffnete sich die Tür; ich spürte es mehr als daß ich es hörte oder sah. Mein Herz schlug bis in den Hals hinauf.

„Wer ist da?“ flüsterte ich mit seltsam fremder Stimme.

Niemand antwortete, doch atmete da nicht jemand? Mit zitternden Fingern tastete ich nach dem Leuchter auf dem Nachttisch, warf die Kerze um und fing sie gerade noch rechtzeitig auf, ehe sie zu Boden fiel. Wo waren nur die Streichhölzer?

Noch immer die Atemzüge – und ein Lufthauch von der offenen Tür . . .

Endlich hatte ich auch die Streichhölzer gefunden. Es war nicht leicht, in der Dunkelheit die Reibfläche zu ertasten, doch dann schaffte ich es, Licht zu machen: eine winzige, ängstlich flackernde Flamme in einem Meer von Dunkelheit.

Auf der Türschwelle stand eine barfüßige Gestalt im gestreiften Schlafanzug. Ein blasses, kindliches Gesicht sah mich an: Colin Campbell war gekommen, um mich kennenzulernen.

2

„Himmel, hast du mich aber erschreckt!“ sagte ich, nachdem wir uns sekundenlang wortlos angestarrt hatten.

Der Junge erwiderte nichts. Seine dunklen Augen unter dem dichten, gelockten Haar beobachteten mich prüfend, während ich die Kerze anzündete. Er erinnerte mich an ein scheues Tier, wie er da fluchtbereit im Türrahmen stand.

Ich zögerte. Sollte ich ihn wieder ins Bett zurückschicken? Sicher war es genau das, was Lady Campbell von mir erwartet hätte. Und auch genau das, womit ich mir Colins Vertrauen von Anfang an verscherzen würde.

„Komm herein, wenn du magst“, sagte ich schließlich. „Aber mach die Tür hinter dir zu. Du stehst direkt in der Zugluft.“

Erst jetzt merkte ich, daß er zitterte. Seine bloßen Füße mußten eiskalt von den steinernen Fliesen sein. Während er scheu einen Schritt weiter ins Zimmer trat, dann noch einen, nahm ich die Decke vom Fußende des Bettes.

„Mach schnell, sonst holst du dir eine Erkältung. Hier, ich wickle dich ein.“

Er kam zu meinem Bett – ein schmächtiger, etwa zehnjähriger Junge, dessen Gesicht nur aus Augen zu bestehen schien.

„Werden Sie's auch nicht verraten?“ fragte er plötzlich und blieb am Bettpfosten stehen.

Ich schüttelte den Kopf. „Nein, großes Ehrenwort.“

Er kam näher und ließ es zu, daß ich ihn in die Decke hüllte. Dann drückte ich ihn sanft auf die Bettkante nieder.

„Ich bin Colin Campbell“, sagte er und fügte nach einer Pause großartig hinzu: „Der zukünftige Herr auf Rannoch.“

Ich bemühte mich, ernst zu bleiben. Es war komisch, diese hochtrabenden Worte aus dem Mund eines schmächtigen, vor Kälte zitternden Bürschchens zu hören, doch etwas an seiner Miene erschien mir nicht lächerlich. Er sah so trotzig und fast herausfordernd aus, als er das sagte.

Überempfindlich und leicht erregbar, hatte Lady Campbell ihn genannt. Was er braucht, ist Liebe, war die Meinung seines Vaters. Ich sah im Schein der Kerze, daß Colin dunkle Schatten unter den Augen hatte; sein Gesicht war nicht das eines glücklichen Kindes. Unwillkürlich lächelte ich ihn an, und er lächelte zurück – doch es war ein sehr flüchtiges, zaghaftes Lächeln und verschwand so rasch wieder, daß ich fast an eine Täuschung glaubte.

Ich sagte: „Ihr wohnt sehr einsam hier. Ich bin noch nie auf einem Schloß gewesen."

„Fürchten Sie sich?" fragte er rasch.

„Ein bißchen", gab ich zu.

Plötzlich wirkte sein Blick zutraulicher. Er sagte eifrig: „Ich fürchte mich auch – oft. Hier im Schloß spukt es, wissen Sie."

Er sah mich erwartungsvoll an, als müßte ich sofort einen hysterischen Anfall bekommen oder in Schreckensschreie ausbrechen. Statt dessen lächelte ich nur und antwortete: „Du meinst wohl Lady Jane?"

Colin zuckte zusammen, und seine Stimme sank zu einem Flüstern ab. „Woher wissen Sie von ihr?"

Die Angst stand ihm deutlich ins Gesicht geschrieben. Sicher war es für ein Kind nicht leicht, in einem düsteren alten Schloß wie diesem aufzuwachsen, inmitten einer rauhen und unbewohnten Landschaft. Ich bemühte mich um einen möglichst alltäglichen Ton, als ich erwiderte: „Von Mr. McGregor. Aber er sagte auch, es wäre nur Altweibergeschwätz, was man sich von dem Spuk erzählt."

Colins Gesicht wurde wieder verschlossener. „Ach, der alte McGregor – was weiß der schon!"

Er beobachtete mich und schien zu überlegen, ob man mir vertrauen konnte. Dann wandte er den Kopf ab und sah in die Dunkelheit.

„Bist du denn nicht müde?“ fragte ich nach einer Weile.

Minutenlang herrschte Schweigen; dann sagte er halblaut: „In meinem Zimmer ist’s so unheimlich. All die Geräusche . . .“ Wieder begann er zu zittern, und ich streckte die Hand aus und streichelte seinen Rücken.

Nun wußte ich, was Lady Campbell mit „wilden Phantasien“ gemeint hatte. „Vielleicht würdest du dich in einem anderen Raum wohler fühlen?“ fragte ich.

Er wandte sich heftig zu mir um; seine Augen brannten. „Ich möchte ja umziehen. Aber sie läßt mich nicht! Sie sagt, ich bilde mir das alles nur ein, und ich müßte vernünftig sein und mich zusammennehmen – immerzu sagt sie das!“

Ich brauchte nicht zu fragen, von wem er sprach – diese Ermahnungen paßten ganz zu Lady Campbell. „Und dein Vater?“ fragte ich sanft.

„Ach, der . . .“ Es klang hoffnungslos, und als ich an meinen ersten Eindruck von Lord und Lady Campbell dachte, verstand ich, was Colin meinte. Die Uhr auf dem Kaminsims schlug die Stunde – elf zarte, helle Töne.

„Jetzt mußt du aber wirklich . . .“, begann ich, doch da legte Colin den Zeigefinger an die Lippen und schien plötzlich wie ein Tier, das Gefahr wittert, zu erstarren.

Ich lauschte. Zuerst hörte ich nur das Seufzen des Windes in den Bäumen, doch dann vermochte ich ein anderes Geräusch zu unterscheiden: Schritte auf dem Flur.

Colin fuhr zusammen. „Ich muß mich verstecken!“ flüsterte er, und in seinem Blick lag soviel angstvolle Beschwörung, daß ich die Bettdecke hob, ohne lange zu überlegen. Er kroch wie ein Wiesel darunter, und als ich die Decke über die Wölbung am Fußende des

Bettes breitete, merkte ich, daß meine Hände vor Aufregung zitterten.

Die Schritte näherten sich, zögerten und verhielten vor meiner Tür. Eine Weile herrschte lautlose Stille. Dann klopfte jemand – leise zuerst, doch mit zunehmender Heftigkeit.

Was sollte ich tun? Ich sah auf die Kerze. Sollte ich sie löschen und mich schlafend stellen? Doch vielleicht sah man den Lichtschein durch die Türritzen. Wer konnte zu so später Stunde noch etwas von mir wollen – in meiner ersten Nacht auf Rannoch?

Als das Klopfen nicht verstummte, stieg ich aus dem Bett, schlüpfte in meinen Morgenmantel, nahm die Kerze und ging zur Tür. Eine alte Frau stand auf dem Flur. Sie war hochgewachsen, und ihr Gesicht war grau wie ihr Haar, das in dünnen Strähnen auf ihre Schultern herabhing. Wie ich trug sie ein Licht in der Hand. Sie wich ein wenig zurück, als ich so plötzlich im Türrahmen erschien.

„Ja, bitte?“ sagte ich.

Ihre Lippen bewegten sich leicht, ihr Blick glitt abschätzend über mein Gesicht. „Entschuldigen Sie, Miß“, murmelte sie in rauhem schottischem Dialekt. „Es tut mir leid, Sie so spät zu stören, noch dazu am Abend Ihrer Ankunft. Aber der Junge ... Colin ist nicht in seinem Zimmer, wissen Sie. Ist er zu Ihnen gekommen? Zuzutrauen wär's ihm ja. Ich bin Agnes, die Kinderfrau.“

Während sie sprach, überlegte ich fieberhaft, was ich tun sollte. Colin hatte mich gebeten, ihn zu verstecken, und ich hatte es getan. Wenn ich ihn jetzt verriet, würde er mir das wohl kaum jemals verzeihen. Andererseits widerstrebte es mir, diese Frau zu belügen, die ja dafür verantwortlich war, daß der Junge nachts in seinem Bett lag. Doch die Art, wie sie mich musterte, wie ihr Blick über meine Schulter glitt und durchs Zimmer irrte, gefiel mir nicht. Sie schien weniger besorgt als wütend zu sein. Ich dachte an Colins beschwörende Miene und brachte es nicht übers Herz, sein Vertrauen zu enttäuschen.

„Vielleicht ist er aufgestanden, um sich ein Glas Wasser zu holen", sagte ich ausweichend.

Sie schüttelte den Kopf. „O nein, ich habe schon im Badezimmer nachgesehen, dort ist er nicht. Dieser Bengel! Sie werden auch noch Ihre blauen Wunder mit ihm erleben, Miß, denken Sie an meine Worte! Der Junge steckt voll verrückter Flausen. Nicht einmal nachts hat man seine Ruhe."

Ich erwiderte unwillkürlich: „Vielleicht fürchtet er sich in seinem Zimmer."

Ein rascher, mißtrauischer Blick streifte mich. „Ich hoffe, Sie bestärken Colin nicht noch in seiner Furchtsamkeit. Hirngespinste, nichts als Hirngespinste! Ein Campbell hat keine Angst, das sage ich ihm immer wieder, und das muß er lernen. Kinder müssen lernen, ihre Furcht zu überwinden, das ist meine Meinung, und ich habe Erfahrung! Allzuviel Nachsicht schadet nur, lassen Sie sich das gesagt sein!"

Wieder spähte sie über meine Schulter. Da ich fürchtete, sie könnte mich noch einmal fragen, ob Colin bei mir wäre, kam ich ihr rasch zuvor, indem ich sagte: „Verzeihen Sie, ich würde jetzt gern wieder zu Bett gehen. Ich bin müde von der langen Reise."

Sie nickte. „Oh, natürlich. Tut mir ja auch leid, daß ich Sie stören mußte – aber an allem ist nur dieser nichtsnutzige Schlingel schuld. Gute Nacht dann, Miß."

„Gute Nacht." Sie wandte sich ab, ging den Flur entlang, und der Schein ihrer Kerze zuckte geisterhaft über die Steinfliesen des Bodens und die hohen, holzvertäfelten Wände.

Ich trat zurück und schloß die Tür sacht hinter mir. Als ich den Leuchter hob, sah ich, wie sich das Bettzeug bewegte. Ein zerzauster Kopf erschien unter der Decke, und zwei dunkle Augen spähten zu mir herüber.

„Du kannst herauskommen", sagte ich.

„Pst!" Er legte den Finger an die Lippen. „Vielleicht ist sie zurückgekommen und lauscht an der Tür. Sie ist so heimtückisch."

Ich schüttelte den Kopf. „Nein, sie ist fort. Ich habe gute Ohren, weißt du."

Er seufzte tief und schlug die Decke zurück. Ich setzte mich neben ihn auf die Bettkante.

„Danke", sagte er.

Ich stellte den Leuchter auf den Nachttisch und faltete die Hände im Schoß. Dann sah ich ihn prüfend an. „Du hast mich da gleich in eine schwierige Lage gebracht, Colin. Vielleicht ist dir das noch nicht klargeworden. Sieh mal, ich bin hergekommen, um . . ." ich stockte und suchte nach dem richtigen Ausdruck „. . .um mit dir zusammen zu sein und ein wenig auf dich aufzupassen, wenn es nötig ist. Und kurz nach meiner Ankunft tue ich schon gleich etwas, was sicher nicht im Sinn deiner Eltern ist, und belüge obendrein auch noch deine Kinderfrau."

„Sie ist nicht meine Kinderfrau", sagte er finster, „sondern die von Wolf."

„Wolf? Ist das dein Bruder?"

Colin schüttelte heftig den Kopf. „O nein, mein Stiefbruder."

Davon hatte ich nichts gewußt. Ich hatte Colin für das einzige Kind auf Schloß Rannoch gehalten. Das bedeutete wohl, daß Lady Campbell nicht seine leibliche Mutter war, sondern Lord Campbells zweite Frau; und Wolf war offenbar ihr Sohn. Da ich es nicht für richtig hielt, Colin auszufragen, sagte ich nur: „Ganz gleich, ob sie deine Kinderfrau ist oder nicht, ich habe ihr jedenfalls etwas vorgeschwindelt."

„Das geschieht ihr ganz recht", erwiderte Colin trotzig. „Was schleicht sie auch immer herum und schnüffelt mir nach."

„Vielleicht sorgt sie sich um dich", wagte ich einzuwenden.

Er warf mir einen seiner flammenden Blicke zu. „Die und sich um mich sorgen? Die haßt mich doch, die alte Hexe." Er versank in finsteres Brüten.

Da mir die Kinderfrau auch nicht gerade besonders sympathisch gewesen war, erwiderte ich nichts. Nach einer Weile sagte ich nur: „Es ist wohl für uns beide am besten, wenn wir die ganze Sache für uns behalten. Es soll ein Geheimnis zwischen dir und mir sein – einverstanden?“

Er hob den Kopf, und seine Miene hellte sich auf. „Ja, so machen wir's. Wir nehmen das Geheimnis mit in unser Grab – so heißt es doch immer in Büchern.“

Ich mußte lachen. „Genau das. Und wie kommst du jetzt wieder in dein Zimmer?“

„Oh, ich schleiche schon zurück.“

„Und wenn sie dich dort erwartet?“

„Ach, die sucht jetzt bestimmt das ganze Schloß nach mir ab. Und wenn sie dann in mein Zimmer kommt, liege ich schon längst im Bett und tue so, als würde ich fest schlafen.“

Es klang, als hätte er schon Übung darin. Ich stand auf und ging zu meinem Gepäck. „Ich hab dir etwas mitgebracht“, sagte ich. „Etwas, was ich als Kind selbst immer gern gehabt hätte.“

„Oh!“ Er war mit einem Satz aus dem Bett. „Ein Geschenk? Für mich? Wirklich?“

Ich bückte mich und faßte in die Seitentasche des kleineren Koffers. „Hier“, sagte ich und gab Colin die ovale Schachtel.

Es war eine Spieldose nach altem Vorbild. Auf dem Deckel war ein Bild, das zwei Kinder in altmodischer Kleidung zeigte. Sie hielten sich an den Händen und tanzten. An der Seite war eine kleine Kurbel befestigt.

„Aber vielleicht hast du so etwas schon“, fügte ich unsicher hinzu, während Colin die Dose von allen Seiten betrachtete.

Er schüttelte den Kopf. „Nein. – Was macht man damit?“

„Man dreht an der Kurbel, so“, erklärte ich und faßte nach dem winzigen Holzgriff. Da erklangen die zarten, zerbrechlichen Töne eines alten Kinderliedes: *Kuckuck, Kuckuck, ruft's aus dem Wald ...*

Colins Augen glänzten. Er lauschte andächtig, und als ich die Kurbel losließ, griff er selbst danach und drehte behutsam weiter. Zitternd verklang der letzte Ton, und Colin drückte die Dose wie einen kostbaren Schatz an sich.

„Darf ich sie gleich mitnehmen?“ fragte er.

„Ja, aber verstecke sie noch bis morgen – du weißt schon, warum.“

„O ja. Danke, Miß.“

„Sag Jenny zu mir.“

„Jenny – das ist ein hübscher Name. Gute Nacht, Jenny.“

„Gute Nacht, Colin.“

Ich begleitete ihn zur Tür. Er sah sich noch einmal um, ehe er ging. „Bis morgen.“

Dann verschwand sein blasses, schmales Gesicht aus dem Lichtkreis meiner Kerze, und die schmächtige Gestalt im Pyjama wurde von der Dunkelheit verschluckt. Ich hörte noch das Tappen bloßer Füße und wartete eine Weile, obwohl ich schon nichts mehr von ihm sah.

Dann kehrte ich ins Bett zurück; todmüde, aber zu aufgeregt, um schlafen zu können. Die Uhr auf dem Kaminsims schlug. Ich zählte zwölf helle Schläge und sah mit offenen Augen in die Finsternis.

Als ich endlich in Schlaf fiel, wurde ich von schweren Träumen geplagt. Ich habe mich oft gefragt, ob ein Stück Wahrheit in dem alten Aberglauben steckt, daß der erste Traum in einer neuen Umgebung eine Art Omen bedeutet. Denn ich träumte in dieser Nacht von einem Rudel reißender Wölfe, die im Hochmoor um das Schloß lauerten.

3

Aufgeregtes Hundegebell weckte mich am nächsten Morgen. Eine Weile blieb ich still liegen und versuchte mich zurechtzufinden. Nur langsam begriff ich, wo ich war, erinnerte mich an meinen Traum und die Ereignisse der vergangenen Nacht.

Das Gebell wurde lauter. Ich stieg aus dem Bett, ging durchs Zimmer und schob die schweren Vorhänge zur Seite. Das Fenster war ein Stück geöffnet; ich bückte mich und sah hinaus. Auf dem Schloßhof tummelten sich die Jagdhunde. Sie umkreisten Lord Campbell, der zur Jagd gekleidet war. Zwei Männer in roten Jacken standen bei ihm, und jeder hielt ein Pferd am Zügel.

Die Gipfel der fernen Berge waren in Wolken gehüllt. Die weite Moorlandschaft leuchtete in purpurnen, grünen und grauen Farbtönen. Dazwischen glänzten kleine Bäche und schwarze Tümpel, und am Rand der Ebene stand der dunkle Fichtenwald wie ein gewaltiger Schutzwall.

Die Luft war kühl, und ein leichter Wind trug mir unbekannte Düfte zu. Ich fröstelte in meinem dünnen Nachthemd und trat einen Schritt zurück. Eines der Pferde wieherte hell. Die drei Männer schwangen sich in die Sättel, und ich beobachtete, wie Pferde, Reiter und Hundemeute sich über den Schloßhof entfernten.

Ich legte mich noch einmal ins Bett, um mich zu wärmen. Als die Uhr auf dem Kaminsims leise schnarrte und sieben schlug, stand ich wieder auf, ging ins Badezimmer und wusch mich. Während ich in meine ausgebleichten Jeans und den Pullover schlüpfte, zögerte ich einen Augenblick. Sicher erwartete Lady Campbell, mich in einem adretten Kostüm zu sehen. Doch ich hatte keine Lust, mich ihretwegen anders anzuziehen als ich es gewöhnt war.

Ich hatte gerade begonnen, die Koffer auszupacken und meine Garderobe in den Wandschrank zu hängen, als an die Tür geklopft wurde. Es war das Mädchen Mary, das ich schon am vergangenen Abend flüchtig gesehen hatte.

„Guten Morgen, Miß", sagte sie. „Haben Sie gut geschlafen?"

„O ja, danke." Ich verschwieg, daß ich selten eine unruhigere Nacht verbracht hatte als diese erste auf Schloß Rannoch.

„Ich bringe Sie jetzt in den kleinen Salon. Dort wird für gewöhnlich das Frühstück serviert." Sie wartete an der Tür und fügte hinzu: „Die gnädige Frau ist noch nicht aufgestanden. Sie läßt Ihnen sagen, Sie möchten heute an Colins Unterricht teilnehmen. So können Sie sich am besten ein erstes Bild über den Jungen machen, meint Lady Campbell."

Gemeinsam gingen wir über den Flur zur Treppe. „Natürlich", sagte ich, „das mache ich gern. Wann fängt der Unterricht an?"

„Mr. Fingal kommt pünktlich um halb neun Uhr. Ich führe Sie nach dem Frühstück ins Schulzimmer."

„Und Colin?" fragte ich. „Kommt er nicht zum Frühstück?"

Sie schüttelte den Kopf. „O nein, er ißt im Kinderzimmer zusammen mit seinem Bruder Wolf. Lady Campbell wünscht es so." Lächelnd fügte Mary hinzu: „Natürlich gibt es meistens Streit, wie das bei Kindern so ist. Der Altersunterschied ist ja auch ziemlich groß, und die beiden sind so verschieden wie Feuer und Wasser."

Ich sah Colins Gesicht vor mir, hörte ihn heftig sagen: *Er ist nicht mein Bruder.*

„Wie alt ist Wolf?" fragte ich.

„Im September wird er vier, aber er ist schon ein sehr aufgeweckter kleiner Kerl, der genau weiß, wie er seinen Willen durchsetzen muß. Na ja, kein Wunder – die gnädige Frau liest ihm jeden Wunsch von den Augen ab, und die alte Agnes vergöttert ihn."

Die alte Agnes . . . Seltsam, dachte ich. Dabei fürchtete Colin die Kinderfrau seines Bruders und hatte sich vor ihr versteckt. Mir selbst war sie auch mehr wie ein Kinderschreck vorgekommen. Doch vermutlich hatte Colin wirklich eine zu lebhafte Einbildungskraft, und ich hatte mich von ihm beeinflussen lassen.

Der kleine Salon war ein hübscher, anheimelnder Raum mit alten Wandteppichen, vielen Bildern und einem Glasschrank in der Ecke, der voll Geschirr und kostbaren Kleinigkeiten war. Mary hatte meinen bewundernden Blick bemerkt und sagte: „Das war das Lieblingszimmer der ersten Lady Campbell – Colins Mutter, wissen Sie. Der gnädige Herr hat darauf bestanden, daß es unverändert blieb."

„Wie lange ist Colins Mutter schon tot?"

„Sie starb bei seiner Geburt, die arme Seele." Mary seufzte. „Und ein lieber Mensch ist sie gewesen, so schlicht und warmherzig; auch wenn sie nicht so hochwohlgeboren war wie manche anderen Leute." Mit dieser vielsagenden Bemerkung ging sie zur Tür. „Dort über dem Kamin hängt ihr Porträt, Miß, wenn Sie sich's ansehen wollen. Ich bringe jetzt Ihr Frühstück."

„Danke", sagte ich, während Mary die Tür hinter sich schloß. Dann sah ich mir Colins Mutter an. Sie hatte das gleiche schmale Gesicht unter schwarzen, gelockten Haaren. Doch ihre Augen waren grau und von strahlender Heiterkeit. Und dieses Zimmer, das soviel behaglicher wirkte als der große Salon, in dem ich gestern gewesen war, hatte sie selbst eingerichtet. Ich verglich Colins Mutter unwillkürlich mit der zweiten Lady Campbell, und der Vergleich fiel nicht sehr günstig für die neue Schloßherrin aus.

Zum Frühstück gab es dünnen Kaffee, Porridge, ein Ei und kreideweißes Brot, das Mary „Glasgower Brot" nannte. Ich zwang mich, den Haferbrei zu essen, und nahm mir vor, künftig lieber Tee zu trinken. Genau fünf Minuten vor halb neun Uhr brachte mich das Dienstmädchen zum Schulzimmer im linken Flügel des Schlosses.

Mr. Fingal war bereits anwesend, Colin jedoch nicht. Der Lehrer war ein ältlicher, pedantisch wirkender Mann mit schütterem Haar.

Gleich nach der Begrüßung sah er auf die Armbanduhr und sagte mit ernster Stimme: „Colin fehlt leider die nötige Disziplin, fürchte ich; ich stimme da ganz mit Lady Campbell überein. Hoffentlich wird es Ihnen gelingen, dafür zu sorgen, daß der Junge künftig pünktlich zum Unterricht erscheint und seine Schularbeiten ordentlich macht. Ich bin sehr froh, daß er nun nicht mehr so viel sich selbst überlassen bleibt; auf diese Art verwildert ein Kind."

Dann bat er mich, Platz zu nehmen, und ich ließ mich auf einer der drei Schulbänke nieder, die wohl schon Generationen von Campbells gedrückt hatten. Namen und Schnörkel waren in das Eichenholz geritzt, und die Schreibplatten waren mit Tintenflecken übersät.

„Vielleicht kommt Colin zu spät, weil ihm der Unterricht zuwenig Spaß macht", wagte ich einzuwenden.

Mr. Fingal sah mich entrüstet an. „Aber liebe Miß Helmer, die Schule soll kein Vergnügen sein! Sie ist eine notwendige Pflicht, der wir uns alle unterziehen müssen! Aber Sie sind wohl noch zu jung, um dazu schon die richtige Einstellung zu haben."

Ich hätte gern geantwortet, es müßte durchaus möglich sein, den Unterricht so zu gestalten, daß er einem Schüler Freude bereitet. Ich schwieg jedoch, weil ich es für sinnlos hielt, ihm zu widersprechen. Mr. Fingals Nasenspitze zuckte; das tat sie immer, wenn er aus der Fassung gebracht war, wie ich später feststellte. Wieder warf er einen Blick auf seine Uhr. In diesem Moment wurde die Tür aufgestoßen, und Colin erschien auf der Schwelle – mit roten Backen und zerrauftem Haar. In seiner Jackentasche steckte nachlässig zusammengerollt ein Heft. Er brachte einen Schwall würzigen Stallgeruchs mit ins Schulzimmer.

„Zu spät!" sagte Mr. Fingal laut und strafend. „Wieder einmal zu spät, Colin. Wo bist du gewesen?"

Das war eine überflüssige Frage. Colin warf einen verschwörerischen Blick in meine Richtung, stieß die Tür mit dem Fuß zu und ließ sich in eine der Bänke fallen. „Im Stall“, sagte er und begann aus dem Fach unter der Schreibplatte ein paar Bücher hervorzukramen.

Mr. Fingal schüttelte den Kopf. „Junger Mann, wann wirst du endlich vernünftig werden? Habe ich dir nicht hundertmal gesagt ...“ Er stockte. „Im übrigen darf ich dich vielleicht darauf aufmerksam machen, daß sich eine junge Dame im Raum befindet. Wie wär's, wenn du sie begrüßen würdest?“

Ich sagte rasch: „Guten Morgen, Colin.“

„Morgen, Jenny.“

„Jenny?“ Der Lehrer runzelte die Stirn, und seine Nasenspitze begann wieder zu zucken. „Miß Helmer heißt das.“

Ich unterdrückte einen Seufzer. „Ich habe Colin selbst gebeten, mich beim Vornamen zu nennen.“

„So, so?“ Mr. Fingal musterte mich mißbilligend. „Nun, das ist wohl Ihre Sache. Jetzt haben wir aber genug Zeit versäumt und sollten endlich mit dem Unterricht beginnen.“ Er klopfte auf das Zifferblatt seiner Uhr. „Ich jedenfalls war pünktlich um halb neun Uhr hier, das muß doch wohl gesagt werden.“

Colin sah in die Luft und tat, als hätte er kein Wort gehört.

Während der ersten Stunde hielt Mr. Fingal Geschichtsunterricht. Er erzählte von der Besiedelung Amerikas durch die Weißen und von der Ausrottung der indianischen Stämme. Je länger ich zuhörte, desto mehr wunderte ich mich, wie es möglich war, einen so spannenden und interessanten Stoff derart langweilig und trocken zu bringen.

Colin saß in seiner Bank, scharrte mit den Füßen auf der Holzleiste, spielte mit einem Radiergummi und sah aus dem Fenster. Meine Augenlider wurden immer schwerer, und ich hatte alle Mühe, wach zu bleiben.

„Und wie war das mit Sitting Bull?“ fragte Colin plötzlich mitten in Mr. Fingals leiernden Vortrag hinein und richtete sich auf.

„Sitting Bull war ein Indianerhäuptling, mein Junge“, erwiderte der Lehrer in gemessenem Ton. „Aber er gehört nicht zum Lehrstoff.“

„Ich glaube aber, daß er eine ziemlich wichtige Persönlichkeit war“, mischte ich mich ein. „Soviel ich mich erinnern kann, führte er als Sioux-Häuptling den letzten indianischen Freiheitskampf an, in dem ein amerikanisches Regiment vernichtet wurde. Er ist bei der Gefangennahme erschossen worden.“

Mr. Fingals Nasenspitze zuckte. Colin warf mir einen anerkennenden Blick zu. „Nun, nun“, murmelte der Lehrer widerwillig, „Sie scheinen sich ja sehr für die Geschichte der Rothäute zu interessieren, Miß Helmer. Vielleicht können Sie Colin außerhalb der Schulstunden mehr darüber erzählen. Wie gesagt, ich muß mich an den Lehrstoff halten.“

Der Mathematikunterricht war, wenn überhaupt möglich, noch langweiliger. Ich ertappte mich dabei, daß ich wie Colin sehnsüchtig aus dem Fenster sah. Ein Turmfalke kreiste über den Schloßhof, und die fernen Berggipfel waren in seltsames Licht getaucht. Ich nahm mir vor, am Nachmittag mit Colin einen Spaziergang durchs Moor zu machen.

Nach Schulschluß stellte ich allerdings fest, daß Colin Ausgehverbot hatte. Er flüsterte es mir auf dem Gang zu, während Mr. Fingal sich mit seiner Aktenmappe unter dem Arm würdevoll entfernte.

„Die alte Agnes hat gesagt, daß ich heute Stubenarrest habe – zur Strafe, weil ich nachts nicht auf meinem Zimmer war“, berichtete er. „In Wirklichkeit hat sie sich nur darüber geärgert, daß ich ihr nicht verraten wollte, wo ich gewesen bin.“

Ich faßte einen raschen Entschluß. „Wo ist sie jetzt, weißt du das?“

„Natürlich bei Wolf. Wollen Sie mit ihr reden?“ Er sah überrascht zu mir auf.

Großes Schneider-Buch-Preisrätsel!

400 Bücher zu gewinnen!

Lieber
Schneider-Buch-Leser!

Schicke mir diese Karte mit der richtigen Lösung und du nimmst an der nächsten monatlichen Verlosung teil. 400 Schneider-Bücher werden jeden Monat verlost! *Es werden nur ausreichend frankierte Rätselkarten angenommen. Benachrichtigt werden nur die Gewinner. Der Rechtsweg ist ausgeschlossen. Die Beteiligung ist nicht an den Kauf eines Schneider-Buches gebunden. Du bekommst die Karten auch lose in deinem Buchgeschäft.*

Viel Spaß und herzliche Grüße
Dein
Onkel Franz
FRANZ SCHNEIDER VERLAG

Postkarte

Onkel Franz
von den Schneider-Büchern
Postfach
8000 München 46

Postkarten-Porto

„Ja, ich will es versuchen."

„Aber Sie verraten doch nichts, wie?" Als ich den Kopf schüttelte, fügte er hinzu: „Gut, kommen Sie mit. Ich muß jetzt sowieso zum Mittagessen ins Kinderzimmer."

Ich folgte ihm über eine spindelförmige Steintreppe. Durch die Fensterluken des Turmes hatte man einen weiten Blick über das Hochmoor. Tief im Tal glänzte der Loch Rannoch wie ein dunkles Auge.

Unsere Schritte hallten übermäßig laut in dem alten Treppenturm wider, und selbst jetzt, am hellen Tag, waren die Nischen und Winkel von grauen Schatten erfüllt.

„Der ist unheimlich, was?" sagte Colin. „Aber das ist noch gar nichts gegen den Nordturm."

Ich legte den Arm um seine Schulter, und er ließ es geschehen. „Was ist denn mit dem Nordturm?"

„Oh", erwiderte er, „im Nordturm waren früher die Gefangenen eingekerkert, und man hört sie noch heute manchmal seufzen und stöhnen."

Ich spürte, wie sich sein schmaler Rücken unter meinem Arm schaudernd krümmte. „Meinst du nicht, daß es vielleicht nur der Wind ist, der ums Schloß heult?" fragte ich. „Meistens gibt es auch für die geisterhaftesten Geräusche eine ganz natürliche Erklärung, weißt du."

Er sah mich an, ohne zu antworten, und ich wußte, daß er mir nicht glaubte.

Als wir ins Kinderzimmer kamen, saß Agnes am Fenster und hielt einen kleinen Jungen mit kupferrotem Haar auf den Knien. Bei unserem Eintritt machte sich der Kleine von ihr los und kam wie ein Wiesel durchs Zimmer gesaust. Er blieb vor mir stehen, faltete die Hände auf dem Rücken und sagte: „Wer is'n die?"

„Ich heiße Jenny", erwiderte ich. „Und du?"

„Sag ich nicht."

Die Kinderfrau war ebenfalls aufgestanden, kam näher und beugte sich über ihn. „Na, na“, sagte sie, „wer wird denn so unhöflich sein, Liebling?“ Doch ihr Ton klang nicht tadelnd, sondern eher erfreut. Sie streichelte dem kleinen Wolf die Wange und fuhr Colin mit scharfer Stimme an: „Du riechst ja wieder wie ein Stallbursche! Hast du dir die Hände gewaschen?“

Er schüttelte den Kopf, blieb aber neben mir stehen, und ich sagte: „Wir sind direkt aus dem Schulzimmer hierhergekommen. Ich wollte nur kurz etwas mit Ihnen besprechen.“

Sie sah mich an, und wieder bemerkte ich das Mißtrauen in ihrem Blick. „Ja, Miß?“

„Es ist wegen des Ausgehverbots, das Sie Colin erteilt haben.“

Sie zog die dunklen, ein wenig struppigen Augenbrauen zusammen. Dann wandte sie sich an Colin. „Geh nach nebenan und wasch dir und deinem Bruder die Hände, Junge. Aber ich bitte mir aus, daß du nicht wieder mit ihm streitest! Du weißt, daß der Kleine sich nicht wehren kann.“

Colin sah sie trotzig an, und Wolf schrie: „Nein, ich mag nicht, daß er mir die Hände wäscht!“ Er flitzte durchs Zimmer und versteckte sich unter dem Tisch.

„Laß ihn, wenn er nicht will“, entschied die alte Agnes. „Ich kümmere mich dann schon um Wolf. Aber geh du jetzt nach nebenan – und bürste deine Fingernägel, hörst du?“

Colin verschwand durch eine Tapetentür, ohne etwas zu erwidern, und ich sagte: „Miß Agnes, ich kann Ihr Verbot leider nicht so ohne weiteres hinnehmen. Es ist Lady Campbells Wunsch, daß ich täglich mit dem Jungen spazierengehe. Sie hat mir die Aufsicht über Colin übertragen, und ich bin für ihn verantwortlich.“

Ich brauchte all meinen Mut, um ihr das sehr entschieden zu sagen. Vielleicht forderte ich sie damit zu einer Art Machtkampf heraus. Mir war klar, daß ich mir schon jetzt ihre Sympathie verscherzte. Doch irgendwie hatte ich vom ersten Augenblick an gewußt, daß ich von dieser Frau nie Entgegenkommen oder gar Freundschaft erwarten konnte.

An ihren Augen sah ich, daß ich mich nicht täuschte. Einen Moment lang kam es mir so vor, als veränderten sich ihre Pupillen wie die einer gereizten Katze. Doch dann senkte sie den Blick, strich ihre Schürze glatt und erwiderte: „Der Junge muß Strafe haben, sonst wächst er uns allen über den Kopf. Sie sind noch sehr jung und müssen wohl selbst Ihre Erfahrungen machen. Tun Sie also, was Sie für richtig halten."

Colin erschien wieder im Türrahmen. Die Kinderfrau wandte sich zu ihm um, und ihre Stimme verriet nichts von ihren Gefühlen. „Du kannst heute mit Miß Helmer weggehen, Junge." Dann sagte sie zu mir: „Ich hoffe, Sie finden in Ihr Zimmer zurück; man wird Ihnen das Essen dort servieren. Es ist einen Stock tiefer – gehen Sie über die breite Treppe am Ende des Flures und von dort aus nach links, dann werden Sie sich zurechtfinden."

Ich bedankte mich und ging zur Tür, da rief Colin: „Ich komme mit und zeige Ihnen den Weg, Jenny!"

„Nein, du bleibst hier. Jetzt wird nämlich gegessen, mein Freund."

„Du bleibst hier!" plapperte ihr Wolf wie ein Papagei nach, und in der hellen Kinderstimme schwang ein triumphierender Unterton.

In Gedanken versunken ging ich den Flur entlang zur Treppe, vorbei an alten Porträts und reichverzierten Waffen. Es war nicht die Unstimmigkeit mit der Kinderfrau, die mich beschäftigte, sondern das Verhältnis zwischen den beiden Brüdern: Wolf, der seine Vorrangstellung gegenüber dem Älteren auszunützen verstand, obwohl er noch so klein war, und Colin, der die Übermacht des Stiefbruders und seiner Kinderfrau mit trotziger Hilflosigkeit hinnehmen mußte. Ich spürte, daß ich von Anfang an auf seiner Seite gestanden hatte. Die Frage war nur, ob ich damit nicht bald in Ungnade fallen würde. War ich nicht im Grunde genauso hilflos wie Colin?

Ich straffte den Rücken, während ich über die Treppe stieg.

Niemand konnte mir etwas anhaben, wenn ich versuchte, mein Bestes für Colin zu tun. Lord Campbell hatte selbst gesagt, daß der Junge Zuneigung und Vertrauen mehr als alles andere brauchte.

Trotzdem gingen mir Lady Campbells kalte Augen und der feindselige Blick der alten Kinderfrau nicht aus dem Sinn.

4

Der Rest des ersten Tages auf Schloß Rannoch verlief ruhig, und der folgende ebenso. Am Abend des dritten Tages zog vom Westen her ein heftiger Sturm auf, der gewaltige Windböen und heftige Regenschauer mit sich brachte. Der Sturm rüttelte an den Fenstern und heulte in den Kaminen, die Vorhänge flatterten, und die Laterne über dem Eingangstor quietschte und schwankte im Wind wie ein betrunkener Seemann.

Colin und ich saßen fröstelnd vor dem offenen Kamin in meinem Zimmer; ich im Schaukelstuhl, er zu meinen Füßen auf dem Teppich. Am Nachmittag hatte ich meine dritte Deutschstunde abgehalten. Dann waren wir gemeinsam durchs Moor gewandert und hatten von einem erhöhten Punkt aus die Landschaft gezeichnet.

„Ich finde, dein Bild ist sehr gut geworden", sagte ich. „Du hast Talent, Colin."

Er sah strahlend zu mir auf. Es geschah wohl nicht oft, daß er für etwas gelobt wurde. „Meinen Sie wirklich?" fragte er. „Es hat mir auch Spaß gemacht, zu zeichnen – mit Ihnen zusammen. Allein ist alles so langweilig."

„Ich werde mein Bild aufheben", sagte ich, „und es später meinen Kindern und Enkeln zeigen, damit sie wirklich glauben, daß ich auf einem Schloß in Schottland war." Wir lachten. „Und was willst du mit deinem machen?“

„Oh, ich weiß nicht.“ Er überlegte. „Vielleicht könnte ich es meinem Vater schenken?“

„Das ist eine gute Idee.“

„Meinen Sie, daß er sich freuen wird?“ fragte Colin.

„Sicher wird er das. Willst du es ihm gleich bringen?“

„Nein, ich ... Mir wäre es lieber, wenn Sie es ihm geben würden. Heute abend, beim Essen.“

„Gut“, sagte ich, „wie du willst.“

Colin schob einen frischen Holzklotz ins Feuer, und die Funken stoben. Eine neue Windbö warf sich heulend gegen die Schloßmauern; die Fensterscheiben zitterten.

Colin sagte: „Bei so einem Wetter ist nachts manchmal die wilde Jagd los, sagen die Leute.“

„Die wilde Jagd?“ wiederholte ich. „Was ist das?“

„Oh, ein Heer von Geistern, glaube ich. Man hört, wie sie schreien, wie ihre Pferde wiehern und ihre Hunde kläffen, wenn sie durch die Luft jagen. Man muß sich vor ihnen in acht nehmen, wenn man in einer solchen Nacht unterwegs ist.“

„Ach ja, jetzt erinnere ich mich“, sagte ich lächelnd. „Das ist ein alter Aberglaube, den es auch bei uns in Bayern gibt. Ist es nicht seltsam, daß man in zwei Ländern, die so weit voneinander entfernt sind, an die gleichen Dinge glaubt?“

Colin starrte in die Flammen. „So seltsam ist das vielleicht gar nicht“, erwiderte er leise. „Warum sollte es so ein Geisterheer nicht bei euch und bei uns geben?“ Ehe ich antworten konnte, fuhr er in leichterem Ton fort: „Erzählen Sie mir doch ein deutsches Märchen, Jenny. Heute ist so ein Wetter zum Geschichtenerzählen.“ Ich warf ihm einen Blick zu und sah, daß sein Gesicht einen sehnsüchtigen Ausdruck trug. „Mein Vater hat mir gesagt, daß meine Mutter – meine richtige Mutter, wissen Sie! – viele von den alten schottischen Märchen kannte. Sie hat sie gesammelt, hat sie sich von den Leuten erzählen lassen und aufgeschrieben. Es gibt sogar ein Märchenbuch, das sie herausgegeben hat."

Colins Stimme klang stolz und traurig zugleich, und ich erwiderte: „Das ist ein schönes Hobby. Zeigst du mir das Buch einmal?"

„O ja", sagte er eifrig. „Gern, wenn Sie's sehen wollen." Wieder sah er eine Weile stumm ins Feuer, und ich merkte, daß er über etwas nachgrübelte. Danach fragte er plötzlich leise und erregt: „Glauben Sie, daß sie mir böse ist?"

„Böse?" wiederholte ich. „Wer?"

„Meine Mutter."

„Aber warum sollte sie dir denn böse sein, Colin?"

„Weil . . . weil ich doch schuld an ihrem Tod bin."

Ich war einen Augenblick lang so erschrocken, daß ich nichts erwidern konnte.

„Wer hat dir das gesagt?"

Er antwortete nicht.

„Aber Colin, das ist doch Unsinn!" Ich stockte. Was sollte ich ihm nur sagen? „Wenn einer schuld war, dann vielleicht der Arzt oder die Hebamme, aber doch nicht du! Hast du einmal mit deinem Vater darüber gesprochen?"

Colin schüttelte den Kopf.

„Das solltest du aber, statt dich allein mit so etwas abzuquälen. Wenn eine Frau an der Geburt eines Kindes stirbt, liegt das meistens an der Geburtshilfe. Entweder ist der Arzt zu spät gekommen, oder er hat etwas versäumt oder falsch gemacht. Oft gibt es auch eine Infektion, weißt du. Aber dafür kann doch das Baby nichts!"

Er hatte das Gesicht abgewandt, und ich konnte nicht feststellen, ob er mir glaubte. War er von selbst auf diesen Einfall gekommen, oder hatte es ihm jemand eingeredet? Ich überlegte, ob ich mit Colins Vater darüber sprechen sollte. Der Gedanke, daß der Junge sich mit solchen Schuldgefühlen plagte, beunruhigte mich.

Ich sah auf seinen gesenkten Kopf nieder und sagte leise: „Weißt du, wenn ich ein Kind zur Welt bringen würde und wüßte, daß ich sterben muß, dann ... ja, dann wäre mir die Vorstellung schrecklich, daß mein Kind sich später einmal die Schuld an meinem Tod geben könnte."

Colin sah auf, als wäre das ein ganz neuer Gedanke für ihn. „Wirklich?"

Ich nickte. „Ja, wirklich. Ich glaube, ich könnte nicht ruhig sterben."

Seine dunklen Augen glitten prüfend über mein Gesicht. Dann sagte er unvermittelt: „Mary hat mir erzählt, daß sich meine Mutter sehr auf mich gefreut hat. Sie konnte es kaum erwarten, bis ich geboren wurde, sagt Mary."

„Na, siehst du." Mir wurde wieder leichter. Aus dem Stall klang das unruhige Gewieher eines Pferdes zu uns herauf, und die eiserne Turmfahne drehte sich ächzend im Sturm. Ich glitt vom Schaukelstuhl, kauerte mich auf den Teppich neben Colin und legte den Arm um seine Schulter. „Und jetzt erzähle ich dir ein deutsches Märchen, wenn du magst."

„Eine Spukgeschichte?" fragte er halb schaudernd, halb erwartungsvoll.

„Nein. Heute ist's hier schon unheimlich genug, finde ich. Ich werde dir mein Lieblingsmärchen erzählen."

„Wie heißt es denn?"

„Brüderchen und Schwesterchen", erwiderte ich und begann: „Es waren einmal zwei Geschwister ..."

Jeden Abend hatte ich mich kurz vor acht Uhr zum Essen im Speisesaal einzufinden, wo ich für gewöhnlich von Lord und Lady Campbell erwartet wurde. Dann mußte ich mich ihnen gegenüber an den langen, mit Kerzenleuchtern und Silber geschmückten Tisch setzen und von Colins Fortschritten berichten.

Lady Campbell erkundigte sich stets nur, ob der Junge ordentlich gelernt hätte, sich manierlich betrug und seine deutschen Vokabeln lernte. Ihr Mann dagegen interessierte sich mehr für Colins Wohlergehen. Er schien darüber erfreut zu sein, daß ich mich so gut mit seinem Sohn verstand.

An diesem Abend überreichte ich ihm die Zeichnung und sagte: „Colin hat mich gebeten, Ihnen das zu geben. Er hat das Bild selbst gezeichnet, ohne meine Hilfe. Ich glaube, er hat Talent."

Sir Roderick sah schmunzelnd auf das Blatt nieder. „Das freut mich. Ja, es ist wirklich recht hübsch geworden. Sagen Sie ihm vielen Dank." Er zwinkerte mir zu. „Ich hoffe nur, Sie machen keinen Künstler aus dem Jungen. Sie wissen ja, er ist der Erbe meines Titels und soll eines Tages das Schloß und die Ländereien übernehmen."

Lady Campbell war hinter seinen Stuhl getreten und hatte sich Colins Zeichnung ebenfalls angesehen. Nun richtete sie sich auf und erwiderte: „Vergiß nicht, daß Colin nicht dein einziger Sohn ist, Roderick. Wer weiß, vielleicht eignet sich Wolf später besser zum Schloßherrn."

Ihr Mann erwiderte ungewöhnlich schroff: „Colin ist mein Erstgeborener, daran ist nicht zu rütteln. Und wer den Titel erbt, bekommt auch die Ländereien."

Peinliche Stille folgte. Die Lady ließ sich mit starrer Miene auf ihrem Stuhl nieder, und Mary kam mit einem jüngeren Mädchen ins Zimmer, um das Essen aufzutragen. Als die beiden wieder hinausgegangen waren, sagte Lady Campbell mit erzwungener Ruhe: „Glaubst du wirklich, daß Colin fähig sein wird, eine derart große Verantwortung zu tragen? Du weißt doch, wie unausgeglichen er ist!"

„Der Junge kann sich noch sehr ändern. Er ist immerhin erst zehn Jahre alt." Sir Roderick löffelte seine Suppe, und als ich ihn verstohlen ansah, merkte ich, daß er rot im Gesicht war. Abrupt wandte er sich an mich. „Haben Sie den Eindruck, daß Colin ... nun, daß der Junge sich gewisse Dinge einbildet?"

Mir war bewußt, daß seine Frau den Kopf gehoben hatte und mich gespannt beobachtete. Colins Furcht vor Gespenstern fiel mir ein, doch in einem einsamen Schloß wie Rannoch war das bei einem Jungen seines Alters wohl nicht weiter ungewöhnlich.

„Ich weiß nicht recht, wie Sie das meinen", erwiderte ich zögernd. „Colin hat eine lebhafte Phantasie, das stimmt. Aber daran kann ich nichts Ungewöhnliches oder gar Beunruhigendes finden."

Der Lord warf seiner Frau einen triumphierenden Blick zu. „Lebhafte Phantasie, das ist es, was ich immer sage! Diese Agnes ist eine alte Unke. Nur weil der Junge ab und zu etwas von Gespenstern faselt! Wahrscheinlich hat sie ihm sogar selbst zu viele Spukgeschichten erzählt und wundert sich jetzt, wenn er Angst bekommt." Er kicherte. „Ich habe als Junge auch geglaubt, daß diese vertrackte Lady Jane im Schloß umgeht."

Lady Campbell sagte eisig: „Ich glaube, du willst einfach nicht wahrhaben, daß die Sache durchaus nicht so harmlos ist, Roderick! Erst kürzlich, als Agnes spätabends in Colins Zimmer kam, lag der Junge wieder nicht in seinem Bett, und sie suchte das ganze Schloß nach ihm ab."

„Nun, das spricht nicht gerade dafür, daß er überängstlich wäre, sonst würde er nachts schön brav in seinem Bett bleiben, anstatt durch das dunkle Gemäuer zu wandern", erwiderte ihr Mann und schenkte sich ein zweites Glas Wein ein. Ich sah auf meinen Teller nieder, um nicht durch einen Blick zu verraten, daß ich von der Sache wußte. „Vielleicht hat er sich nochmal in den Stall geschlichen. Du weißt ja, wie pferdenärrisch er ist."

Wieder trat unbehagliches Schweigen ein. Mary kam und servierte das Hauptgericht. Als sie das gebratene Birkhuhn aus dem Speiseaufzug holte, nahm ich all meinen Mut zusammen und sagte: „Ich wollte fragen, ob es nicht möglich wäre, daß Colin künftig mit mir zusammen auf meinem Zimmer zu Mittag ißt."

An Lord Campbells Miene merkte ich, daß er nichts einzuwenden hatte, doch seine Frau war strikt dagegen. „Das muß ich Ihnen leider abschlagen, Miß Helmer", erwiderte sie, und der Blick ihrer porzellanblauen Augen ließ mich frösteln. „Ich lege großen Wert darauf, daß Colin ein etwas besseres Verhältnis zu seinem jüngeren Bruder bekommt. Bis jetzt hat er sich dem kleinen Wolf gegenüber nicht gerade von seiner besten Seite gezeigt. Er geht sowieso viel zu sehr seine eigenen Wege. Der tägliche Kontakt mit seinem Bruder ist sehr wichtig für ihn."

Ich war anderer Meinung, schwieg jedoch. Lord Campbell sah mich schmunzelnd an. „Es reicht wohl nicht, wenn Sie den Bengel täglich sechs Stunden um sich haben, wie? Nun, ich bin jedenfalls sehr froh, daß Sie sich so gut mit ihm vertragen. Colin ist ein schwieriger Junge, da muß ich meiner Frau recht geben. Aber man muß auch bedenken, daß er ohne Mutter aufgewachsen ist. Das ist nicht leicht für so ein kleines Wesen, und es hinterläßt seine Spuren, glauben Sie mir."

Ich dachte an das Gespräch mit Colin vom Nachmittag. Vielleicht wäre jetzt der richtige Augenblick gewesen, um mit Sir Roderick darüber zu sprechen; doch irgendwie widerstrebte es mir, es in Lady Campbells Gegenwart zu tun. So erwähnte ich nichts davon und war wie immer erleichtert, als das Abendessen vorüber war und ich mich auf mein Zimmer zurückziehen durfte.

5

Der Wind tobte noch immer mit unverminderter Heftigkeit ums Schloß, als ich einschlief. Doch es war nicht sein Brausen, das mich weckte.

Tiefe Dunkelheit umgab mich, als ich plötzlich aus dem Schlaf auffuhr. Einen Augenblick lang lag ich verwirrt da und fragte mich, ob ich schlecht geträumt hatte, weil mein Herz so wild klopfte. Doch dann wiederholte sich das Geräusch.

Ich richtete mich im Bett auf und lauschte. Die offene Feuerstelle klaffte wie ein schwarzer Schlund in der Finsternis, und der Wind johlte im Kamin. Doch ich achtete nicht auf das Heulen und Pfeifen. Ich hatte etwas anderes gehört.

Jemand schluchzte. Es war ein kläglicher, verzweifelter Laut, der mir einen Schauder über den Rücken jagte.

Ich tastete nach der Kerze.

Das Schluchzen hielt an, während ich aus dem Bett stieg und mich in meinen Morgenmantel hüllte. Auf Zehenspitzen ging ich durchs Zimmer, das Licht in der erhobenen Hand. Dann legte ich das Ohr an die Tür und lauschte.

Nichts ... Nichts als das Sturmesbrausen und ein Fenster, das irgendwo im Wind klapperte. Aber halt – jetzt hörte ich es wieder: Jemand weinte ganz in meiner Nähe.

Ich biß die Zähne zusammen und öffnete lautlos die Tür. Die Kerzenflamme flackerte wild in der Zugluft, ihr Schatten huschte über die Wandvertäfelung bis hinauf zur Decke. Ich tat einen Schritt; dann noch einen. Der Rest des Ganges wirkte wie eine unergründliche Höhle – und irgendwo in der Tiefe dieser Höhle bewegte sich etwas.

Ich hielt den Atem an und streckte die Hand mit der Kerze vor. Erst als mir heißes Wachs auf die Finger tropfte, merkte ich, wie sehr meine Hand zitterte.

„Wer ... wer ist da?“ flüsterte ich.

Eine neue Sturmbö jagte ums Schloß. Ein Luftzug strich über mein Gesicht, und ich zuckte zusammen, als hätte mich eine kalte Hand berührt.

„Jenny?“ wisperte eine klägliche Stimme.

Ich stürzte vorwärts. Der Lichtschein erfaßte zwei bloße Füße, schmächtige Beine in blauer Schlafanzughose, ein bleiches Gesicht unter schwarzen Locken . . .

Colin kauerte in einem Winkel und blinzelte unter Tränen zu mir auf. Erschrocken kniete ich neben ihm nieder.

„Colin! Was machst du hier? Was ist passiert?"

Er fuhr sich mit dem Handrücken über die Augen und Nase und schnupfte auf. „Sie . . . sie war wieder da!" stammelte er.

„Sie war wieder da? Wer? Sag doch, wer ist dagewesen?"

Wieder begann er zu schluchzen, und die Stöße erschütterten seinen ganzen Körper. Ich stellte den Kerzenleuchter auf die Steinfliesen, beugte mich vor und nahm Colin in die Arme. Sanft streichelte ich seinen Rücken und wiegte ihn hin und her.

„Sei ganz ruhig", flüsterte ich. „Alles ist gut. Ich bin ja bei dir."

Langsam wurde er ruhiger, das wilde Schluchzen verebbte. Er klammerte sich wie ein Ertrinkender an mich, und mein Hals wurde naß von seinen Tränen.

„Komm jetzt", sagte ich schließlich und zog ihn hoch. „Du zitterst ja vor Kälte. Komm mit zu mir und erzähl mir alles."

Als wir in meinem Zimmer angelangt waren, legte ich ihn in mein Bett, deckte ihn fest zu und wartete, bis etwas Farbe in sein Gesicht zurückkehrte. Dann sagte ich behutsam: „Colin, was ist denn nur passiert? Wer ist bei dir gewesen?"

Wieder zeigte sich Entsetzen in seinen Zügen. *„Sie"*, erwiderte er im Flüsterton, als könnte man uns belauschen. „Sie – die weiße Lady!"

Ich wollte etwas einwenden, wollte sagen, daß das doch alles Unsinn sei. Doch ich überlegte es mir anders, als ich seinem Blick begegnete. Irgend etwas mußte wirklich vorgefallen sein, sonst wäre er nicht so außer sich gewesen.

„Colin, es gibt keine Gespenster", sagte ich nach einer Weile.

Er fuhr auf. „Aber ich habe sie doch gesehen – wirklich und

wahrhaftig! Sie kam durch die Wand, und dann ..." Er schauderte und verbarg das Gesicht in den Händen.

Ich starrte ihn an. „Sie kam durch die Wand, sagst du?" wiederholte ich.

„Ja. Plötzlich stand sie im Zimmer. Sie trug einen weißen Umhang und einen Schleier vorm Gesicht und kam auf mich zu, und da ..." Wieder begann er zu schluchzen. „Da bin ich aus dem Bett gesprungen und davongerannt!"

Ich drückte ihn in die Kissen zurück und strich ihm übers Haar. Und während ich tröstende Worte murmelte, fragte ich mich, was das alles zu bedeuten hatte.

War es möglich, daß Colin die ganze Sache nur geträumt hatte? Er redete soviel von übersinnlichen Erscheinungen, daß ihn dieses Thema womöglich bis in seine Träume verfolgte. An wirklichen Spuk konnte ich nicht glauben – nicht einmal auf einem einsamen Schloß in Schottland.

„Vielleicht war's nur ein böser Traum", sagte ich leise. „Träume können oft ungeheuer lebendig sein, weißt du."

Er schüttelte heftig den Kopf und sah an mir vorbei. „O nein, es war kein Traum. Aber natürlich glauben Sie mir nicht. Niemand glaubt mir."

Ich erwiderte nichts, blieb nur still auf der Bettkante sitzen. Nach einer Weile wisperte er: „Jenny?"

„Ja?"

„Darf ich heute nacht hierbleiben? Ich störe Sie bestimmt nicht. Ich kann mich auf den Boden legen – Sie werden gar nicht merken, daß ich hier bin!" Er sah mich flehend an. „Nur schicken Sie mich nicht in mein Zimmer zurück, bitte!"

Wieder bekam ich Mitleid mit ihm – dem armen, reichen Kind.

„Natürlich schicke ich dich nicht zurück", sagte ich. „Und auf dem Boden brauchst du auch nicht zu liegen. Im Kamin ist noch Holz. Ich werde ein Feuer anmachen und im Sessel davor schlafen, und du bleibst im Bett, dann haben wir's beide gemütlich."

Er kuschelte sich getröstet in die Kissen, während ich das Papier zwischen den Scheiten anzündete. Ins Knistern der Flammen hinein sagte er wieder: „Jenny?"

„Ja, Colin?" Ich rückte den Sessel vors Feuer und holte mir Kissen und Decken.

„Ich bin froh, daß Sie zu uns gekommen sind."

Es klang schläfrig, und Minuten später verrieten mir seine gleichmäßigen Atemzüge, daß er eingeschlafen war. Ich stand noch eine Weile vor dem Bett und sah auf seine verzerrten Züge nieder, die sich im Schlaf nur langsam entspannten. Dann ging ich zum Sessel, wickelte mich in Decken ein und starrte in die Flammen.

Ich konnte nicht einschlafen. Die Uhr auf dem Kaminsims tickte eintönig. Ich lauschte auf Colins Atemzüge und fragte mich, was ich tun sollte. Diesmal ließ sich die Sache nicht verheimlichen. Ich mußte mit Lady Campbell oder Sir Roderick über den Vorfall sprechen. Es erschien mir wie ein Verrat an Colin, doch ich hatte keine andere Wahl.

6

Am nächsten Morgen wurde mir die Entscheidung abgenommen. Ein hartes Klopfen an der Tür weckte mich aus dem Schlaf. Es war Agnes, die nach Colin suchte; und sie trat ins Zimmer, ohne abzuwarten, bis ich „herein" rief.

Colin richtete sich mit zerzausten Haaren im Bett auf, als die Tür geöffnet wurde. Er rieb sich verwirrt die Augen, und die Kinderfrau deutete auf ihn und rief: „Hier bist du also! Hab ich's mir doch gedacht! Jetzt reißt mir aber wirklich der Geduldsfaden, Colin Campbell! Und Sie ..." Sie wandte sich an mich und musterte mich wie ein Racheengel. „Ich hättte wirklich nicht gedacht, daß Sie den Bengel auch noch in seinen Hirngespinsten unterstützen!"

Ich war aufgestanden und wickelte mich enger in meinen Morgenmantel. Das Feuer war längst ausgegangen, und es war kalt im Zimmer.

„Miß Agnes", sagte ich und versuchte, meine Stimme möglichst ruhig klingen zu lassen, „es geht hier nicht um Hirngespinste. Ich habe mir schon vorgenommen, mit Lord und Lady Campbell über die Sache zu sprechen. Nur glaube ich nicht, daß wir das jetzt so zwischen Tür und Angel erörtern sollten."

Sie warf mir einen Blick unverhüllter Abneigung zu, doch ich merkte, daß ich wenigstens für den Moment im Vorteil war. Sie gab keine Antwort, trat nur einen Schritt zurück und fuhr Colin an: „Du wäschst dich jetzt und erscheinst pünktlich zum Frühstück, verstanden?" Dann drehte sie sich um und schlug die Tür hinter sich zu.

Colin starrte sekundenlang wortlos auf die geschlossene Tür. Ich fuhr mir mit den Fingerspitzen durchs Haar und merkte, daß meine Hand zitterte. Woher nahm ich eigentlich den Mut, dieser Frau entgegenzutreten, die um so vieles älter war als ich und viel mehr Rechte und Erfahrung hatte? Doch Colin war noch hilfloser als ich, und ich fühlte mich einen Augenblick lang wie eine Glucke, die ihr Junges gegen einen Adler verteidigt. Das war bestimmt ein lächerlicher Vergleich, doch mir war jetzt nicht zum Lachen zumute.

„Wollen Sie wirklich mit meinem Vater reden – und mit *ihr?*" fragte Colin.

Ich seufzte. „Ja, das muß ich, glaub mir. Wenn ich es nicht tue, tut es Agnes, und das wäre nicht gut für dich. Außerdem ist es meine Pflicht . . ."

Er unterbrach mich. „Aber *sie* wird meinem Vater wieder einreden, daß ich dumm und verrückt bin, weil ich mir einbilde, Gespenster zu sehen, und daß Wolf viel klüger und vernünftiger ist als ich, und ..." Er starrte mit hoffnungslosem Gesicht vor sich hin.

„Deine Stiefmutter?" fragte ich. „Aber Colin ..." Ich wollte widersprechen, doch da fiel mir die Unterhaltung vom Vorabend ein, und ich sagte nachdenklich: „Vielleicht ist es gar nicht einmal so schlecht, wenn ich mit ihnen rede. Vielleicht sehen sie ein, daß es dir nicht guttut, so einsam am Ende des Flügels zu wohnen. Das Zimmer neben dem meinen steht doch leer. Ich will versuchen, sie zu überreden, daß du hierher übersiedeln darfst."

Colins Gesicht begann zu strahlen. „Mann!" rief er. „Das wäre prima – einfach prima wäre das!" Mit einem Satz war er aus dem Bett. „Dann hätte ich überhaupt keine Angst mehr, und wir könnten uns abends gegenseitig Geschichten erzählen, und Sie könnten mir ‚Tom Sawyer' vorlesen, und ..." Seine Miene verdüsterte sich wieder. „Ach, es wäre zu schön, um wahr zu sein. *Sie* wird's uns nicht erlauben – die nicht!"

Ich hatte schon bemerkt, daß Colin stets nur „sie" sagte, wenn er von seiner Stiefmutter sprach. „Sie will ja nicht, daß es mir gutgeht!"

Ich wußte, daß es meine Pflicht gewesen wäre, ihn zurechtzuweisen, doch ich seufzte nur und erwiderte: „Ich weiß nicht, Colin, vielleicht tust du ihr unrecht. Laß uns erst einmal abwarten. Und jetzt wickle dich in diese Decke und lauf in dein Zimmer zurück. Du weißt, was passiert, wenn du zu spät zum Frühstück kommst!"

Auf der Türschwelle drehte er sich noch einmal um. „Ich werde den ganzen Vormittag lang die Daumen halten", versicherte er. „Sogar, wenn der alte Schwachkopf Fingal mich ein Diktat schreiben läßt."

Ich mußte lachen. „Hoffentlich nützt es dann auch etwas! Aber ärgere ihn nicht zu sehr, sonst beschwert er sich wieder bei Lady Campbell."

Colin schloß die Tür hinter sich, und ich versuchte mich auf das Gespräch mit Lord und Lady Campbell einzustellen. Daß es nicht leicht werden würde, wußte ich. Wieder einmal wünschte ich mir, ein paar Jahre älter zu sein – und nicht jemand, dessen Wort nichts galt, weil er erst siebzehn war.

Beim Frühstück bat ich Mary, Lord und Lady Campbell zu fragen, ob ich sie während des Vormittags sprechen könnte. Sie kam mit der Nachricht zurück, ich würde um halb elf Uhr im Herrenzimmer gegenüber dem großen Salon erwartet.

So blieben mir eineinhalb Stunden Zeit. Ich beschloß, nicht untätig herumzusitzen und zu warten, sondern spazierenzugehen. Rasch holte ich meinen Umhang und verließ das Schloß durch eine Seitentür.

Der Sturm hatte sich gelegt, doch es war noch immer windig, und Wolkenfetzen in zarten Farbtönen von Grau, Rosa und Violett trieben über den Himmel. Die Luft war herrlich und voll würziger Gerüche, und in der Tiefe glänzte der Loch Rannoch wie ein Kristall.

Auf dem Hof kamen mir drei von den Jagdhunden schweifwedelnd entgegen. Ich streichelte sie ausgiebig, und sie folgten mir durch den verwilderten Schloßgärten zur Mauer, die den Park gegen das Moor abgrenzte. Ich kannte diesen Weg von meinen Spaziergängen mit Colin und trat durch den alten, mit Efeu überwachsenen Torbogen, dessen Pforte ins Freie führte.

Die Hunde umsprangen mich noch immer, als ich über den steinigen Pfad zwischen Heidemyrthe, Farn und Wollgras ging. Plötzlich aber raschelte es irgendwo im Gebüsch, und sie blieben wie erstarrt stehen. Einer der Hunde stieß ein helles Kläffen aus, und dann waren alle drei wie der Blitz verschwunden.

Ich wartete eine Weile. Als sie nicht zurückkehrten, setzte ich meinen Weg fort, vorbei an einem Tümpel mit Moorwasser, in dem sich die Wolken spiegelten. Ich wollte den Hügel am Rand von Achnacallach, dem „Altweibermoor“, erreichen. Von dort aus hatte man einen wunderbaren Blick über den See und die Scharten und

Spitzen der fernen Berge.

Unvermittelt flog ein Birkhuhn auf, und ich hörte Hufschlag. Als ich den Kopf hob, sah ich einen Reiter hinter dem Hügel auftauchen. Es war ein hochgewachsener Mann auf einem großen Pferd. Die beiden näherten sich im Galopp über den verwachsenen Pfad.

Ich blieb stehen und sah ihnen entgegen. Der Reiter war weder Sir Roderick noch einer seiner Bediensteten; auch nicht der Wildhüter, den Colin mir einmal gezeigt hatte. Ein Fremder in dieser Einsamkeit, in der es außer Schloß Rannoch und einigen armseligen Katen weit und breit keine menschliche Behausung gab – das war seltsam.

Auch der Mann schien mich inzwischen bemerkt zu haben, denn er wechselte zum leichten Trab und lenkte das Pferd in meine Richtung.

Er war noch ziemlich jung. Sein Haar glänzte kupferfarben im Licht, und irgend etwas an seinem Gesicht erschien mir seltsam vertraut. Ich trat zur Seite, um ihm den Weg freizumachen, doch er zügelte sein Pferd und sah neugierig auf mich nieder.

„Ein junges Mädchen im Altweibermoor“, sagte er mit leicht schottischer Klangfärbung. „Es geschehen noch Wunder!“

Ich wußte nicht, was ich darauf antworten sollte; so erwiderte ich nur hölzern: „Guten Morgen.“

Er lachte. „Guten Morgen. Woher kommen Sie – sind Sie vielleicht eine Moorfee?“

„Nein, falsch geraten. Eine Moorhexe“, sagte ich.

Wieder lachte er, daß seine Zähne in dem gebräunten Gesicht blitzten. Seine Augen erinnerten mich an jemanden – doch an wen nur?

„Hoffentlich verwandeln Sie mich und mein Pferd nicht in eine Kröte oder etwas ähnlich Unangenehmes!“

Ich erwiderte: „Wären Sie lieber ein Sumpfhuhn? Sie haben die Wahl.“

„Das“, sagte er ernsthaft, „ist wirklich mehr, als ich im Augenblick entscheiden kann. Habe ich einen Tag Bedenkzeit? Ich schlage vor, daß wir uns morgen um die gleiche Stunde und am selben Ort wieder treffen. Dann werde ich Ihnen sagen, ob ich mich für die Kröte oder das Sumpfhuhn entschieden habe.“

Diesmal mußte ich lachen. „Sie bestehen also darauf, verzaubert zu werden?“

„Ja, sicher!“

Sein Pferd tänzelte unruhig und machte plötzlich einen Sprung vorwärts. Da ritt er weiter und rief mir noch über die Schulter zu: „Also morgen um die gleiche Zeit im Altweibermoor. Und vergessen Sie es nicht!“

Ich lächelte vor mich hin, während ich meinen Weg fortsetzte. Eine seltsame Begegnung und ein seltsames Gespräch; doch der Fremde hatte mir gefallen. Er hatte nicht nach meinem Namen gefragt, und ich wußte weder, wer er war, noch woher er kam. Wie alt mochte er sein? Dreiundzwanzig vielleicht. Ich blieb stehen und drehte mich um, doch Pferd und Reiter waren bereits hinter einem Hügel verschwunden.

Als ich auf meine Armbanduhr sah, entdeckte ich, daß ich umkehren mußte, wenn ich rechtzeitig im Herrenzimmer erscheinen wollte. Ich wußte, daß Lady Campbell großen Wert auf Pünktlichkeit legte. Rasch ging ich den Weg zurück, den ich gekommen war.

Der Wind zerrte an meinem Umhang und seufzte in den Bäumen des Schloßparks, als ich die alte Pforte hinter mir schloß. Aus den Stallungen kam das Gewieher eines Pferdes.

Ich ging durch die riesige, rauchgeschwärzte Schloßhalle mit den Waffen an den Wänden zum Treppenturm und hinauf in mein Zimmer. Mir blieb gerade noch Zeit, mein Haar zu kämmen und mir Gesicht und Hände zu waschen. Dann machte ich mich auf den Weg zum Herrenzimmer.

Sie hatten mich offenbar kommen gehört, denn als ich die Tür erreichte, wurde sie von innen geöffnet. Sir Roderick stand vor mir.

„Kommen Sie herein, mein Mädchen", sagte er. „Wir haben Sie schon erwartet. Ich hoffe, Sie haben keine unangenehmen Neuigkeiten für uns."

Ich trat über die Schwelle. Lady Campbell saß am Tisch und hielt ein aufgeschlagenes Buch in der Hand. Doch ich bemerkte sie kaum. Ich sah starr auf die Gestalt eines hochgewachsenen Mannes, der am Fenster stand und mir den Rücken zuwandte.

Und noch ehe er sich umgedreht hatte, wußte ich, wer er war: der Reiter, der im Altweibermoor meinen Weg gekreuzt hatte.

7

Lady Campbell begrüßte mich auf ihre förmliche Art, und ich beobachtete aus den Augenwinkeln, wie der Fremde sich umwandte. Ja, er war es wirklich; und jetzt wußte ich auch, an wen er mich erinnert hatte.

Sir Roderick trat neben ihn und sagte: „Darf ich Ihnen meinen ‚kleinen Bruder' vorstellen? Ich nenne ihn immer noch so, obwohl er mir längst über den Kopf gewachsen ist. – Das ist die junge Dame aus Deutschland, die sich um Colin kümmert, Alan: Miß Jenny Helmer."

Alan Campbell streckte die Hand aus und umfaßte meine Rechte mit festem Griff. „Sehr erfreut, Miß Helmer", sagte er ernst, doch ich sah, daß er mir kaum merklich zuzwinkerte, als wäre zwischen uns eine Verschwörung im Gange.

Da er offenbar nicht verraten wollte, daß wir uns bereits kannten, erwiderte ich höflich: „Ich freue mich, Sie kennenzulernen, Mr. Campbell."

„Gefällt es Ihnen bei uns in Schottland?" fragte er. „Sie haben sich ja gerade den rauhesten Landstrich ausgesucht. In unseren Mooren soll's sogar noch manchmal Hexen geben, heißt es."

Ich unterdrückte ein Lächeln und merkte, daß er mir wieder zuzwinkerte. Ehe ich antworten konnte, sagte Lady Campbell mißbilligend: „Was soll dieser Unsinn, Alan? Miß Helmer ist hergekommen, um etwas mit uns zu besprechen. Wir wollen sie nicht unnötig aufhalten."

Alan Campbell zog flüchtig die Augenbrauen zusammen. „Falls ich Sie aufgehalten haben sollte, bitte ich um Verzeihung, Miß Helmer. Soll ich hinausgehen oder darf ich bei der Besprechung dabeisein?"

„Unsinn, Alan!" sagte Sir Roderick mit seiner dröhnenden Stimme und schlug seinem Bruder auf die Schulter. „Natürlich bleibst du hier. Es handelt sich schließlich nicht um ein finsteres Geheimnis – oder, Miß Helmer?"

„O nein", erwiderte ich hastig. „Vielleicht ist die Sache auch gar nicht so wichtig. Es ist nur wegen Colin . . ."

„Setzen Sie sich erst einmal!" Sir Roderick rückte mir einen Stuhl zurecht. „So, meine Liebe, und jetzt sagen Sie uns, was Sie auf dem Herzen haben."

Ich faltete die Hände im Schoß, so, als müßte ich mich selbst festhalten, und begann: „Ich . . . nun, ich habe Colin heute nacht weinend auf dem Flur gefunden. Er muß wohl schlecht geträumt haben. Er sagte, er hätte eine Erscheinung gesehen – eine Frau im weißen Kleid sei in seinem Zimmer gewesen. Er war so verängstigt, daß ich ihm erlaubt habe, in meinem Bett zu schlafen." Mit einem Seitenblick auf Lady Campbell fügte ich hinzu: „Ich habe im Sessel vor dem Kamin übernachtet."

Ich merkte, daß Alan Campbell mich aufmerksam beobachtete. Sir Roderick griff seufzend nach seiner Pfeife, und seine Frau nickte mir zu. „Es ist gut, daß Sie damit zu uns gekommen sind, Miß Helmer.

Übrigens hat Agnes mir heute schon gesagt, daß sie Colin bei Ihnen vorgefunden hat.“ Lady Campbell schüttelte den Kopf. „Es ist immer wieder das gleiche. Ich fürchte, der Junge hat eine krankhafte Phantasie.“

Sir Roderick fuhr auf. „Wie kannst du so etwas sagen? Miß Helmer hat ganz recht, wenn sie meint, daß er einfach schlecht geträumt haben muß. Viele Kinder fürchten sich vor Gespenstern; es ist falsch und unrecht, in einem solchen Fall gleich von krankhafter Phantasie zu reden!“

Seine Frau setzte eine beleidigte Miene auf. „Du steckst wieder einmal nur den Kopf in den Sand, Roderick!“ sagte sie mit beherrschter Stimme. „Irgendwann einmal wirst aber auch du begreifen müssen, daß die Sache durchaus nicht so harmlos ist, wie du sie sehen möchtest.“

Alan Campbell mischte sich ein. „Der Junge sieht also noch immer Gespenster?“

Ich nahm all meinen Mut zusammen und sagte: „Ich glaube, es ist nicht gut, daß Colin so allein am Ende des Flügels schläft. Jedes Kind würde sich in einer solchen Umgebung ängstigen.“

Sir Roderick warf mir einen anerkennenden Blick zu. „Jawohl, da können Sie recht haben. Kinder brauchen Gesellschaft. Ich würde nachts auch nicht gern allein in einem riesigen Zimmer zwischen lauter unbewohnten Räumen schlafen.“

„Ich habe ihm ja oft genug angeboten, das Zimmer mit Wolf zu teilen“, warf Lady Campbell ein. „Aber er weigert sich hartnäckig.“ Sie seufzte. „Der Himmel weiß, weshalb er so lieblos gegen seinen jüngeren Bruder ist!“

„Ich glaube, der Altersunterschied zwischen den beiden ist vorläufig einfach noch eine unüberwindliche Schranke“, sagte ich und verschränkte die Hände fester ineinander. „Darf ich einen anderen Vorschlag machen? Das Zimmer neben dem meinen steht leer. Ich glaube, es wäre eine gute Lösung, wenn Colin dorthin übersiedelt.“

Jetzt war es heraus. Ich wagte kaum, Lady Campbell anzusehen. Sie gab keine Antwort und sah starr an mir vorbei. Doch Sir Roderick sagte laut und herzlich: „Na großartig! Wieso sind wir eigentlich nicht schon selbst darauf gekommen? Auf diese Weise können Sie den Jungen am besten im Auge behalten, und er wird sich die Flausen sicherlich bald aus dem Kopf schlagen. Was meinst du dazu, meine Liebe?"

„Ich weiß nicht recht", murmelte Lady Campbell. „Es ist vielleicht nicht gut, wenn sich Colin zu sehr an Sie gewöhnt, Miß Helmer. Sie sind seine Erzieherin, und . . ."

Ihr Mann unterbrach sie. „Ach was, du siehst wieder einmal überall Schwierigkeiten! Wir müssen heilfroh sein, daß der Junge nicht mehr so verschlossen ist wie früher und Vertrauen zu Miß Helmer hat. Colin zieht noch heute um, da gibt es nichts mehr zu überlegen!"

Lady Campbell schwieg. Alan Campbell sagte: „Will Colin denn überhaupt das Zimmer neben dem Ihren beziehen, Miß Helmer?"

„O ja", versicherte ich. „Das will er. Er wird sich sehr freuen, wenn ich ihm sage, daß wir die Erlaubnis dazu bekommen haben."

„Wie lange sind Sie schon auf Rannoch?"

„Zwei Wochen", erwiderte ich.

„Dann haben Sie sein Herz aber im Sturm gewonnen, wie mir scheint."

„Jawohl, das hat sie, beim Zeus!" rief Sir Roderick. „Dabei ist Colin sonst so verschlossen."

Lady Campbell stand auf. „Ich muß jetzt nach Kinloch Rannoch fahren und mich um die Vorbereitungen für den Wohltätigkeitsbazar kümmern. Kommst du mit, Roderick?"

„Natürlich, meine Liebe." Ihr Mann wandte sich an mich. „Ich werde McGregor Bescheid sagen. Er soll Ihnen und dem Jungen heute nachmittag beim Umzug helfen."

„Danke", sagte ich. „Vielen Dank."

Ich war schon auf dem Flur, da hörte ich Schritte hinter mir, und Alan Campbell holte mich ein. „Haben Sie es so eilig, Miß Helmer?"

Ich merkte, wie ich rot wurde und wandte rasch das Gesicht ab. „Ich möchte gleich zu Colin und es ihm sagen. Sein Unterricht endet heute schon um elf Uhr."

„Oh, da begleite ich Sie zum Schulzimmer – falls Sie nichts dagegen haben." Ich hörte sein offenes, jungenhaftes Lachen. „Es ist lange her, seit ich selbst dort die Bänke bekritzelt habe."

„Sind Sie hier aufgewachsen?"

„Ja, natürlich. Aber wir hatten leider nie eine so nette Erzieherin wie Sie."

„Ich bin keine Erzieherin", erwiderte ich verlegen. „Jedenfalls noch nicht. Meine Arbeit hier ist nur so eine Art Praktikum für mich, ehe ich aufs Seminar gehe."

Wir betraten den Treppenturm, und unsere Schritte hallten hohl von den Wänden wider. „Ich hoffe, Sie lassen sich nicht von Colins Gespensterfurcht anstecken", sagte Alan. „In diesem alten Gemäuer kann auch der vernünftigste Mensch nervös werden. Ich erinnere mich, daß ich selbst als Kind oft Angst hatte – vor allem abends, in der Dämmerung."

„Dann glauben Sie also nicht, daß Colin eine krankhafte Phantasie hat, wie Lady Campbell meint?"

„Himmel, nein! Der Junge ist nur zuviel allein gewesen. Schuld sind die Leute hier im Schloß, die sich Schauergeschichten über Lady Jane erzählen. Ich habe leider nie sehr viel Kontakt zu Colin gehabt, weil ich seit Jahren in Glasgow studiere und nicht sehr häufig nach Hause komme."

Wir waren vor dem Schulzimmer angelangt. Durch die Tür hörte man eintöniges Gemurmel.

„Der alte Fingal, wie?" flüsterte Alan und schnitt eine Grimasse. „Da verschwinde ich lieber. Sie vergessen doch hoffentlich unsere Verabredung nicht?"

„Welche Verabredung?" fragte ich.

„Na, Sie haben aber ein schlechtes Gedächtnis! Im Altweibermoor natürlich – morgen um zehn vor zehn Uhr!"

Ich mußte lachen. „Aber das hat sich doch wohl inzwischen erledigt."

„Oh, da bin ich nicht so sicher. Vielleicht können Sie nicht gerade einen aufrechten Schotten in ein Sumpfhuhn verwandeln, aber ..." Er lächelte. „Wer weiß, ob es mit rechten Dingen zugeht, daß Sie Colins Herz so schnell gewonnen haben."

Ehe ich noch etwas erwidern konnte, wurde die Tür des Schulzimmers aufgerissen, und Colin stand vor uns. Er beachtete seinen Onkel nicht, sondern rief sofort stürmisch: „Was haben sie gesagt? Haben sie's erlaubt?"

„Ja", sagte ich. „Du darfst noch heute umziehen."

„Hurra!" Colin brach in gellendes Indianergeheul aus. Mr. Fingals mißbilligendes Gesicht tauchte hinter ihm auf.

„Guten Tag, Miß Helmer. Colin, ich muß doch bitten." Dann bemerkte er Alan Campbell, der ein Stück hinter mir im Halbdunkel des Korridors stand. „Oh, Mr. Alan, Sie sind zu Besuch hier! Was macht das Studium?"

Alan Campbell schnitt eine Grimasse. „Ach, Sie wissen doch am besten, daß ich nie eine Leuchte gewesen bin, Mr. Fingal!"

Zum erstenmal sah ich den Lehrer lächeln. Sein Gesicht wurde plötzlich fast menschlich. „Das hätten Sie aber sein können, Mr. Alan, wenn Sie nur gewollt hätten."

Colin mischte sich ungeduldig ein. „Können wir gleich mit dem Umzug anfangen?" fragte er und faßte mich am Arm.

„Ja, gut, aber wir haben nur eine Stunde Zeit. Du weißt, Miß Agnes wird ärgerlich, wenn du nicht pünktlich zum Essen kommst."

Wir verabschiedeten uns von Mr. Fingal, und Alan Campbell sagte: „Gibt es für mich beim Umzug auch etwas zu tun?"

Colin musterte ihn überrascht. „Du könntest die Bücherkisten schleppen", erwiderte er.

Zu dritt schafften wir in der kurzen Zeitspanne vor dem Mittagessen eine ganze Menge. Alan holte Kisten und eine Truhe vom Dachboden, und Colin und ich füllten sie mit Büchern, altem Spielzeug und allerlei Krimskrams, der im ganzen Raum verstreut lag.

Als Colin schließlich widerwillig in Richtung Kinderzimmer verschwand, arbeitete ich mit Alan noch eine Weile weiter, bis Mary auftauchte und meldete, daß das Essen serviert sei.

Als wir uns an der Tür trennten, sagte er: „Hätten Sie Lust, heute am Spätnachmittag mit nach Tyndrum zu fahren?"

Ich schüttelte den Kopf. „Tut mir leid, nachmittags bin ich immer im Dienst. Wenn wir mit dem Umzug fertig sind, muß ich mich darum kümmern, daß Colin seine Schularbeiten macht."

„Schade", sagte Alan. „Dann sehen wir uns wohl erst beim Abendessen wieder."

„Ja. Und viel Vergnügen in Tyndrum – wo es auch immer sein mag."

Er lächelte. „Ach so, das wissen Sie ja nicht. Es ist ein kleines Nest nicht weit von hier. Vielleicht können wir ein andermal gemeinsam hinfahren. Tyndrum selbst ist nicht besondes reizvoll, aber der Weg dorthin um so mehr. In dieser Gegend stehen auch ein paar alte Festungen der Campbell-Sippe."

„Sie sind also nicht die einzigen Campbells in Schottland?"

„Nein, nein. Unser Clan (schottische Sippe) ist in ganz Schottland verstreut. Die meisten Burgen der Campbells stehen im Hochland. Der sogenannte Häuptling unseres Clans ist MacCailean Mhor, der Herzog von Argyll, der auf Schloß Inverary lebt."

„Ich glaube, das mit den schottischen Sippen ist eine Wissenschaft für sich", sagte ich seufzend. „Genau wie die Muster der Schottenröcke. Daraus bin ich auch nie schlau geworden."

„Ja, jeder Clan hat sein eigenes Tartan-Muster. Aber das werde ich Ihnen alles noch einmal genauer erklären – wenn Sie wollen, natürlich. Und Ende August, wenn hier die Hochland-Spiele beginnen, werden Sie ganze Horden von Schotten in ihren karierten Röcken, den Kilts, sehen." Alan machte eine Pause und fügte mit feierlichem Gesicht hinzu: „Vielleicht sogar mich."

Ich hatte die Tür zu meinem Zimmer schon geöffnet und wandte mich ungläubig um. „Sie im Schottenrock?"

„Ja, warum nicht? Finden Sie das so komisch?"

Ich bemühte mich, ein ernsthaftes Gesicht zu machen. „Komisch nicht, nur . . . ungewöhnlich."

„Wir Schotten sind ungewöhnliche Menschen", versicherte er feierlich. „Das werden Sie schon noch merken."

8

„Jenny!"

Jemand flüsterte meinen Namen – war es Traum oder Wirklichkeit? Die Stimme holte mich aus tiefstem Schlaf. Mühsam lauschte ich.

„Jenny – bitte, wachen Sie auf!"

Es war ein flehendes, eindringliches Wispern. Langsam schlug ich die Augen auf. Ein Gesicht war über mich gebeugt, und ich spürte warmen Atem auf meiner Haut. Eine Hand umfaßte meine Schulter und schüttelte mich.

„Jenny!"

Mein Herz hämmerte so, daß ich glaubte, es müßte zerspringen.

„Wer . . . was ist geschehen?" flüsterte ich entsetzt.

„Sie müssen kommen! Bitte, kommen Sie mit!"

Jetzt erst begriff ich, daß es Colin war, der da über mein Bett gebeugt stand, und seufzte vor Erleichterung. Sein Griff um meine Schulter wurde fester, und er versuchte mich hochzuziehen.

„Sie ist wieder da! Schnell, kommen Sie mit!“

Ich brauchte nicht zu fragen, wen er meinte. Mit einem Satz war ich aus dem Bett, folgte Colin barfuß durchs Zimmer zur Tür. In der Finsternis stieß ich gegen den eisernen Ofenschirm, und ein brennender Schmerz durchzuckte meinen Arm, aber ich achtete nicht darauf.

Der Korridor war in tiefe Dunkelheit getaucht, doch aus dem Nebenzimmer, dessen Tür halb offenstand, floß Mondlicht und zeichnete eine helle Bahn über den Steinboden. Colin griff nach meiner Hand und drängte sich zitternd an mich.

Es gibt keine Gespenster! dachte ich, holte tief Atem und stieß die Tür weit auf.

Silbriger Mondschein erfüllte den Raum. Das Fenster war geöffnet, und die Gardinen flatterten und blähten sich wie Segel. Das Zimmer war leer.

Ich zuckte zusammen, als ich ein Seufzen hörte, doch es kam von Colin. Er wisperte: „Sie ist fort – kein Wunder. Es dauerte so lange, bis ich Sie wach bekam.“

Diesmal wirkte er etwas weniger verängstigt als in der vergangenen Nacht. Ich sagte: „Hast du das Fenster aufgemacht?“

Er nickte. Dann deutete er mit bebendem Finger auf den Nachttisch. „Dort hat sie gestanden!“

Ich wußte vom Umzug her, daß sich in der Nähe des Bettes ein Wandschrank befand. Rasch trat ich über die Schwelle und machte Licht.

Colin folgte mir durchs Zimmer. Ich merkte, wie er meinen Arm fester umklammerte, als ich den Schrank öffnete. Die Hosen, Hemden und Anzüge hingen unverändert an den Kleiderhölzern. Es roch nach Kampfer, Lavendel und staubigem Holz.

„Nichts“, sagte ich und schloß die Tür.

„Sie ist durch die Wand gegangen“, erwiderte Colin, als wäre das die natürlichste Sache der Welt.

„Colin, du weißt doch, daß das Unsinn ist!" sagte ich und war selbst überrascht, wie scharf meine Stimme klang.

Er zog seine Hand zurück und stand mit hängenden Armen neben mir. In seiner Haltung lag soviel Hoffnungslosigkeit, daß ich ihn rasch umarmte und an mich drückte. „Komm jetzt", murmelte ich. „Wir tauschen für diese Nacht einfach die Zimmer. Du gehst in mein Bett, und ich lege mich in deines. Das ist dir doch lieber so?"

„Viel lieber!" versicherte Colin.

Ich brachte ihn in mein Bett, deckte ihn gut zu und ging wieder nach nebenan. Das Zimmer war kalt und wirkte trotz der Möbel und Colins Habseligkeiten seltsam leer, wie das bei Räumen, die lange unbewohnt waren, oft der Fall ist.

Ich schloß das Fenster und konnte einen leichten Schauder nicht unterdrücken. Das Mondlicht verwandelte die Büsche und Bäume des Schloßhofes in verzerrte Gestalten. Wolkenfetzen jagten wie riesige dunkle Vögel über den Himmel. Plötzlich war mir, als streifte mich ein Luftzug. Ich zuckte zusammen und fuhr herum, doch im Zimmer bewegte sich nichts.

Ließ ich mich auch schon von Colins Gespensterfurcht anstecken, wie Alan Campbell gesagt hatte? Es tat gut, an Alan zu denken, der so voller Leben war. In seiner Gegenwart hatte sogar dieses Zimmer freundlich und anheimelnd gewirkt, doch das war am hellen Tag gewesen, und nun war Nacht ... Geisterstunde, wie ich mit einem Blick auf die Standuhr feststellte. Ich lauschte auf das eintönige Ticken, während ich mit offenen Augen in Colins Bett lag. Endlich schnarrte sie leicht, wie alte Uhren es vor dem Stundenschlag oft tun, und schlug eins.

Ich versuchte an Colin zu denken und zu ergründen, was hinter diesen nächtlichen Störungen stecken mochte. Ich hatte so fest daran geglaubt, daß der Umzug alle Probleme lösen würde, doch so einfach war die Sache nicht. Während ich noch grübelte, überkam mich die Müdigkeit. Die Gedanken an Alan Campbell, Colin und die spukende Lady Jane verwirrten sich. Ich hörte noch den klagenden Ruf eines Nachtvogels aus dem Moor und schlief endlich ein.

Als ich Lady Campbell am nächsten Tag auf der Treppe begegnete, erwähnte ich nichts von dem nächtlichen Zwischenfall. Sie unterhielt sich gerade mit Mr. Fingal und sagte zu mir, sie hätte gehört, daß Colins Schularbeiten besser und ordentlicher geworden seien, seit ich auf Schloß Rannoch war.

„Obgleich er im Unterricht noch immer sehr unaufmerksam ist", warf der Lehrer ein.

„Nun, man darf nicht gleich zuviel erwarten, nicht wahr?" sagte die Lady mit gnädiger Miene.

Auch Colin selbst kam nicht mehr auf die vergangene Nacht zu sprechen. Nach dem Mittagessen erschien er in meinem Zimmer, schlenderte ans Fenster und sagte: „Schönes Wetter heute."

„Ja", erwiderte ich abwartend.

„Hätten Sie Lust, mit mir auszureiten?"

„Ausreiten?" Ich setzte mich kerzengerade im Sessel auf. „Ja, schon, aber . . ."

„Können Sie nicht reiten, Jenny?"

„Ich weiß nicht so recht . . ."

„Sie wissen's nicht?" Colin trat vor mich hin und musterte mich erstaunt. „Aber man weiß doch, ob man reiten kann oder nicht."

Ich lachte. „So einfach ist das bei mir nicht, weißt du. Als meine Eltern noch lebten, hatten wir ein kleines Gut auf dem Land und natürlich auch Pferde. Damals bin ich viel geritten – eigentlich jeden Tag. Aber dann, als ich fast dreizehn war, kamen meine Eltern bei einem Unfall ums Leben, und das Gut wurde verkauft. Ich mußte in die Stadt ziehen und im Haus meines Vormunds leben. Und er hätte mir nie erlaubt, Reitstunden zu nehmen."

„Ich glaube nicht, daß man das Reiten verlernt, wenn man's einmal gekonnt hat.“ Colins Augen ruhten nachdenklich auf meinem Gesicht. „Hat es Ihnen bei Ihrem Vormund gefallen?“

„Nein“, sagte ich. „Er ist ein ziemlich strenger Mann.“

Colin starrte mich an. „Hat er Sie geschlagen?“

„O nein. Er hat sich sogar immer bemüht, gerecht zu sein.“

„Und wenn Sie wieder von hier fortgehen, müssen Sie dann zu ihm zurück?“

„Ich hoffe nicht, Colin. Vielleicht schaffe ich es, nebenbei zu arbeiten, wenn ich aufs Seminar gehe, so daß ich irgendwo ein Zimmer mieten und allein leben kann.“

„Aber Sie verdienen hier doch auch etwas, nicht? Sie bekommen doch Geld von meinem Vater dafür, daß Sie auf mich aufpassen?“ fragte er.

„Ja. Ich kann hier kostenlos wohnen und essen und bekomme eine Art Taschengeld. Das werde ich natürlich sparen.“ Ich stand auf und seufzte unwillkürlich. „Ich bin manchmal sehr froh darüber, daß ich schon fast erwachsen bin, weißt du.“

Colin nickte heftig. „Das glaube ich. Oh, ich wollte, ich wäre auch schon so alt wie Sie! Dann könnte ich aufs College gehen, weit weg von hier, und bräuchte mich nie wieder zu fürchten und nicht mehr mit Wolf zusammen sein und müßte mir nichts mehr von Agnes befehlen lassen . . .“ Seine Stimme klang leidenschaftlich, und ich erwiderte nichts, obwohl ich ihn besser verstand als er ahnte.

Eine Weile standen wir schweigend nebeneinander. Dann sagte ich: „Ich möchte es gern versuchen – zu reiten, meine ich. Aber glaubst du, daß dein Vater einverstanden ist, wenn ich mir eines seiner Pferde ausleihe?“

„Oh, es ist ihm bestimmt recht!“ versicherte Colin. „Ich frage ihn gleich mal.“ Und ehe ich noch etwas sagen konnte, lief er schon aus dem Zimmer.

Ich überlegte, wie es wohl sein würde, nach so langer Zeit wieder auf einem Pferd zu sitzen. In meiner Kindheit war ich leidenschaftlich gern geritten. Mein Vater hatte immer behauptet, ich hätte das Zeug zur Turnierreiterin, wenn ich nur den Pferden nicht immer so sehr ihren eigenen Willen ließe.

In überraschend kurzer Zeit tauchte Colin wieder auf und berichtete keuchend, sein Vater hätte durchaus nichts dagegen, und ich könnte auf Lassie reiten, einer braven kleinen Stute.

„Lassie ist überhaupt nicht tückisch", versicherte er. „Sie hat mich noch nie abgeworfen."

„Na, hoffentlich geht sie mit mir genauso rücksichtsvoll um", sagte ich lachend. „Wart einen Augenblick, ich ziehe nur meine Gummistiefel an. Meinst du, daß ich eine Jacke brauche?"

Colin nickte. „Bei uns im Hochmoor kann sich das Wetter ganz plötzlich ändern, ohne daß man's vermutet."

Es war das erste Mal, daß ich den Stall von Schloß Rannoch betrat, doch der würzige Geruch mutete mich wunderbar vertraut an, und ich ging von Box zu Box und besah mir die Pferde – edle Tiere mit feinen Nüstern und großen, sanften Augen. Colin zog eine zerdrückte Tüte aus der Jackentasche und verteilte Plätzchen.

„Die hab ich in der Küche geklaut", vertraute er mir an. „Sie sind ganz wild darauf."

Lassie war eine zierliche, kastanienbraune Stute mit weißer Blesse auf der Stirn. Sie beschnupperte mich zutraulich und blieb geduldig stehen, als ich etwas ungeschickt anfing, sie zu satteln. Colin stand daneben und beobachtete mich fachmännisch.

„Die Trense nicht zu fest – ja, so", sagte er. „Und den Sattelgurt ziehen Sie später nach, wenn Sie drobensitzen. Lassie bläht sich immer ein bißchen auf, aber nur anfangs. Ja, prima – Sie können es doch noch sehr gut!"

Ich war selbst erstaunt, daß ich die einzelnen Griffe noch beherrschte, aber natürlich war Colin mir bei weitem überlegen. Er hatte seinen Schimmel in Rekordzeit gesattelt, und wir führten die Pferde Seite an Seite durch die Stallgasse ins Freie.

Ich konnte das unbehagliche Gefühl nicht abschütteln, vom Schloß aus beobachtet zu werden, als ich aufzusitzen versuchte. Erst beim zweiten Anlauf schaffte ich es.

Colin sagte: „Bei uns treibt man die Pferde durch Schenkeldruck an, also versuchen Sie's gar nicht erst mit den Zügeln. Wollen wir die beiden gleich traben lassen oder noch eine Zeitlang im Mittelschritt reiten?"

„Im Schritt, bitte", sagte ich leicht nervös. „Ich muß mich erst wieder daran gewöhnen, im Sattel zu sitzen."

Langsam ritten wir um den Nordflügel des Schlosses herum, überquerten den Hof und passierten das Gittertor. Meine Unsicherheit schwand mit jedem Hufschlag. Als wir das Moor erreichten, verspürte ich zum erstenmal seit vielen Jahren wieder das unbeschreibliche Glücksgefühl, auf dem Rücken eines Pferdes zu sitzen.

Colins Schimmel fiel in Trab, dann in leichten Galopp, und Lassie tat es ihm nach, ohne daß ich sie antreiben mußte. Wir flogen übers Heidekraut, und das Gefühl von Freiheit und Schwerelosigkeit war ebenso herrlich wie einst in meiner Kindheit. Mir war wieder zumute, als hätte mich eine gütige Fee in einen Vogel verwandelt, als wären plötzlich all meine Sinne übernatürlich geschärft, so daß ich die herrliche Luft erst richtig riechen, die wunderbaren Farben um mich her erst richtig wahrnehmen konnte.

Nach dem Galopp über die Heide schlug Colin den Weg zum Fichtenwald ein. Ein Schwarm Birkhühner flog vor uns auf, und ich faßte die Zügel fester; doch die kleine Stute war offenbar an derartige Zwischenfälle gewöhnt und zuckte nur leicht mit den Ohren.

Im Wald war es dunkel und still bis auf das Knacken der Zweige unter den Pferdehufen und das Glucksen eines Wasserlaufes. Plötzlich zügelte Colin seinen Schimmel. Ich ritt an seine Seite, ließ Lassie ebenfalls anhalten und fragte: „Was ist los?"

Er deutete auf eine ferne Waldlichtung und flüsterte: „Da – sie tanzen wieder!"

Seine Stimme und der Ausdruck auf seinem Gesicht jagten mir einen leichten Schauder über den Rücken. Ich folgte seinem ausgestreckten Zeigefinger mit den Augen und sah, daß sich zwischen den dunklen Baumstämmen etwas bewegte, was einer weißen Gestalt glich – nein, mehreren weißen Gestalten, die hin und her schwebten, als tanzten sie einen Reigen.

„Die Feen!" sagte Colin leise.

Seine Erregung übertrug sich auf den Schimmel. Das Tier warf den Kopf zurück und wieherte schrill. Ich zuckte zusammen. Plötzlich aber wurde mir klar, daß die „tanzenden Feen" nichts anderes waren als Nebelschwaden, die sich über die Waldlichtung senkten. Doch Nebel an einem Sommertag?

„Das sind nur Nebelschwaden, Colin", sagte ich. „Hab keine Angst. Komm, wir reiten hin!"

Er hielt mich am Arm zurück. „Nein, das dürfen wir nicht! Es könnte sie böse machen!"

Ich befreite mich ungeduldig aus seinem Griff. „Aber hör doch auf mit diesem Unsinn! Man sieht jetzt ganz deutlich, daß es nur Nebelschleier sind. Es ist wirklich lächerlich, sich vor so etwas zu fürchten."

Colin wandte sich von mir ab. „Was wissen Sie schon von den Feen", murmelte er. „Sie können in vielerlei Gestalt erscheinen – als schwarze Vögel, als Wirbelwind oder als Nebelschwaden. Bei ihnen kann man nie sicher sein."

„Wer hat dir das erzählt?" fragte ich.

Er gab keine Antwort, sondern fügte nach einer Weile hinzu: „Man muß sich vor ihnen in acht nehmen. Es gibt gute und böse unter ihnen."

Ich seufzte. „Also gut, dann kehren wir eben um. Es ist sowieso am besten, wenn wir so schnell wie möglich zum Schloß zurückreiten, falls es Nebel gibt."

Er nickte nur, und wir ließen unsere Pferde wenden. Immer

wieder warf Colin ängstliche Blicke über die Schulter, und ich fragte mich, wer ihm all diese Geschichten erzählt haben mochte, die seine Phantasie so stark beschäftigten.

Bald hing der Nebel in dichten Schwaden zwischen den Bäumen. Mir war, als ritten wir immer tiefer in einen dampfenden Hexenkessel. Colin übernahm wieder die Führung, doch nach einer Weile merkte ich, daß die Pferde den alten Pfad verlassen hatten und über weichen, federnden Grund gingen.

„Colin", sagte ich, „sind wir vom Weg abgekommen?"

„Ja, leider. Aber ich hoffe, daß die Pferde selbst zurückfinden."

Das gleiche hoffte ich auch. Bald sah ich nur noch die Umrisse von Colins schmächtiger Gestalt vor mir; der Schimmel schien mit seiner grauen Umgebung zu verschmelzen. Die Baumstämme tauchten auf und verschwanden wieder wie Rosinen im Kuchenteig, und die Stille war so vollkommen, daß sie mein Gefühl von Hilflosigkeit noch verstärkte.

„Glaubst du mir jetzt, daß das vorher keine Feen gewesen sind?" fragte ich schließlich, nur um die Stille zu durchbrechen.

Colins Stimme klang erschrocken. „Pst, Jenny, nicht so laut! Sie könnten uns hören. Vielleicht haben sie's getan. Ich bin sicher, daß sie auch Nebel zaubern können, wenn sie wollen."

Ich gab auf. „Wie lange kann so ein Nebeleinbruch dauern, was meinst du?"

„Oh, das ist ganz verschieden", erwiderte er. „Vielleicht eine Stunde, vielleicht auch eineinhalb Tage, das kommt ganz darauf an."

Ich wollte ihn nicht fragen, worauf es ankäme; wahrscheinlich hätte er nur wieder die Feen verantwortlich gemacht. Ich merkte, wie die Furcht mir über den Rücken kroch. Was sollten wir tun, wenn die Pferde nicht zurückfanden? Der Nebel wurde immer dichter. Bald würde man nicht mehr die Hand vor den Augen sehen können. Der Gedanke, im Freien übernachten zu müssen, war nicht gerade verlockend. Nachts konnte es hier oben im Hochland selbst während des Sommers empfindlich kalt werden. Doch sicherlich würde man uns suchen, wenn wir nicht zurückkamen. Vielleicht fanden die Hunde unsere Spur.

Die feuchte Kälte drang durch meine Kleidung, und ich begann meine Jacke zuzuknöpfen. In diesem Augenblick erklang irgendwo in unserer Nähe das Rauschen von Zweigen, und es knackte und prasselte laut, als würde sich ein großes Tier seinen Weg durch den Wald bahnen.

Colins Schimmel wieherte schrill vor Angst, und Lassie stieß ein entsetztes Schnauben aus, warf sich zur Seite und ging mit mir durch.

Ich konnte gerade noch nach der Mähne meines Pferdes greifen und mich festklammern, sonst wäre ich aus dem Sattel gefallen. Fichtenzweige schlugen mir ins Gesicht und zerkratzten meine Haut. Wieder hörte ich Colins Pferd wiehern und versuchte Lassie zu zügeln, doch sie floh Hals über Kopf weiter.

Ich rief nach Colin, und er antwortete mir, aber schon konnte ich nicht mehr feststellen, aus welcher Richtung seine Stimme kam, und seine Rufe verloren sich in der Ferne.

9

Endlich, endlich verlangsamte Lassie ihren wilden Galopp und blieb schnaubend stehen. Einen Augenblick lang saß ich zitternd im Sattel. Das Gefühl, so durch den Nebel zu jagen, ohne zu wissen, wohin es ging und welche Hindernisse unseren Weg kreuzen mochten, war unbeschreiblich. Es war eine Situation, wie man sie in Alpträumen erleben kann, doch dies war Wirklichkeit, und es ging nicht allein um mich, sondern vor allem auch um Colin. Ich war für ihn verantwortlich.

„Colin!“ rief ich. „Colin, wo bist du?“

Ein schwaches, fernes Rufen war die Antwort – so undeutlich, daß ich einen Moment fast glaubte, es wäre nur das Echo meiner eigenen Stimme.

Ich versuchte Lassie anzutreiben und hoffte, sie würde zu dem Schimmel zurückfinden, doch sie tat nur ein paar unschlüssige Schritte und blieb dann wieder stehen.

Von neuem rief ich nach Colin. Diesmal aber hörte ich keinen Laut.

Ich richtete mich im Sattel auf und biß die Zähne zusammen. Colin und ich waren getrennt, und jeder von uns mußte nun allein versuchen, zurechtzukommen. Meine Hoffnung, der Nebel könnte sich so rasch wieder heben wie er aufgekommen war, schwand. Ich sah jetzt kaum mehr den Hals meines Pferdes. Es war, als hätte man mir die Augen mit einem dichten grauen Schleier verbunden.

Was war Colin widerfahren? War er abgeworfen worden? Wenn er sich nun verletzt hatte und irgendwo hilflos im Wald herumirrte? Schreckliche Bilder begannen mich zu quälen – ich sah ihn mit einer Kopfwunde neben einem Felsblock liegen, betäubt und blutend.

Wie lange würde es dauern, bis man uns fand? Falls man uns überhaupt suchte ... Doch da fiel mir ein, daß Colins Vater von unserem Ausritt wissen mußte. Er würde sich bestimmt Sorgen machen, wenn er den Nebel bemerkte und feststellte, daß wir nicht zurückgekommen waren. Diese Überlegung beruhigte mich ein wenig, und ich konnte wieder klarer denken.

Es gab die Möglichkeit, hier zu warten, bis sich der Nebel löste oder bis man mich fand. Andererseits bestand aber die Gefahr, daß Colin sich wirklich verletzt hatte und rasch Hilfe brauchte. Es konnte Stunden dauern, bis man uns im Schloß vermißte und zu suchen begann. So war ich nun ganz auf den Geruchssinn und das Gehör meines Pferdes angewiesen. Vielleicht fand Lassie wirklich in den heimatlichen Stall zurück.

Wieder versuchte ich die Stute anzutreiben, und diesmal trabte sie gehorsam vorwärts. Ich ließ sie am langen Zügel gehen, und sie setzte vorsichtig einen Huf vor den anderen, blieb nach einer Weile stehen, schnaubte leise und ging wieder weiter. Ich rief in kurzen Abständen immer wieder nach Colin, erhielt jedoch keine Antwort. Nur die Fichten rauschten leise, und irgendwo plätscherte ein Bach.

Nach einiger Zeit merkte ich plötzlich, daß wir festeren Boden betraten, und die dunklen, verschwommenen Umrisse der Bäume tauchten seltener vor mir auf. Die Pferdehufe schlugen manchmal klingend gegen Steine, und ich hörte das trockene Rascheln des Heidekrauts, das mir von meinen Spaziergängen her vertraut war.

Ich atmete auf. Wir hatten den Wald verlassen und befanden uns auf freiem Gelände. Doch meine Erleichterung wich neuer Angst, als ich an die tückischen Sumpfpfade dachte, die das ganze Hochmoor durchzogen.

Sollte ich anhalten? Ich spürte die ruhigen, sicheren Bewegungen der Stute unter mir und beschloß, das Wagnis einzugehen. Lassie war an Ritte durch das Moor gewöhnt, und ich wußte, daß Tiere oft eine Art sechsten Sinn für Gefahren haben, der uns Menschen längst verlorengegangen ist.

Ich weiß nicht, wie lange ich so ritt – in dieser grauen Unendlichkeit hatte ich kein Gefühl mehr für Zeit und Raum. Plötzlich wurden die Bewegungen der Stute lebhafter. Lassie begann zu traben, schnaubte ein paarmal heftig und hielt dann so unvermittelt an, daß ich um ein Haar das Gleichgewicht verloren hätte.

„Was ist los?“ fragte ich und streichelte ihren Hals. „Warum gehst du nicht weiter?“

Lassie wieherte, und sie bekam Antwort: ein gedämpftes, ungeduldiges Gewieher aus unmittelbarer Nähe.

„Colin!“ rief ich. „Colin, bist du hier?“

Niemand antwortete. War es möglich, daß Colins Pferd allein durchs Moor lief? Wieder wurde ich von schrecklicher Unruhe erfaßt, doch da wieherte Lassie von neuem, und irgendwo zu meiner Linken erklang ein knarrendes Geräusch. Dann öffnete sich in der grauen Nebelwüste plötzlich wie durch ein Wunder ein strahlend helles Rechteck, und in diesem Rechteck zeichneten sich die Umrisse einer menschlichen Gestalt ab.

„Hallo!“ sagte eine dunkle, rauhe Stimme. „Wer ist da?“

„Gott sei Dank!“ rief ich. „Ich habe mich im Nebel verirrt.“

„Herr im Himmel!“ sagte die Stimme verdutzt. „Warten Sie einen Augenblick, ich komme gleich mit der Lampe.“

Ich tastete nach dem Sattel, nahm einen Fuß aus dem Steigbügel und sprang vom Pferd. Schon trat der Mann aus der Tür, eine Lampe in der Hand, die einen herrlich milden Schein verbreitete.

Es war unbeschreiblich schön, plötzlich wieder etwas erkennen zu können. Ich sah einen alten Mann, dessen Gesicht fast unter struppigen Haaren und wild wucherndem Bart verschwand, ein kleines Haus mit tiefgezogenem Dach, das fensterlos zu sein schien, und Heidekraut zu meinen Füßen.

„Na, so was!“ sagte der Alte dreimal hintereinander und schüttelte den struppigen Kopf. „Wo kommen Sie denn nur her, Miß? Doch nicht etwa aus Kinloch Rannoch?“

„Nein“, erwiderte ich erschöpft. „Vom Schloß. Und ich brauche Hilfe. Colin, Lord Campbells Sohn, irrt irgendwo durch den Wald, und ich fürchte, er könnte vom Pferd gestürzt sein und sich verletzt haben.“

„Na, so was!“ murmelte der Mann wieder und kratzte sich am Kopf. „Ja, was ist da zu machen?“ Er sprach in so breitem schottischem Dialekt, daß ich Mühe hatte, ihn zu verstehen. „Aber kommen Sie erst mal mit ins Haus, Miß. Ihr Pferd bringe ich inzwischen in den Stall. Prinz Charlie freut sich, wenn er Gesellschaft bekommt.“

„Prinz Charlie?“ wiederholte ich.

„Tja, das ist mein alter Gaul. Aber jetzt hinein mit Ihnen, ich komme gleich nach. Ein tüchtiger Schluck Whisky, das ist's, was Sie brauchen!“ Und er nahm Lassie am Zügel, die sich willig von ihm fortführen ließ.

Ich zögerte noch einen Augenblick und trat dann über die Türschwelle. Es tat gut, in den warmen, hellen Raum zu kommen. Die Zimmerdecke war so niedrig, daß ich nur die Hand auszustrecken brauchte, um die rauchgeschwärzten Balken zu berühren. Im Kamin brannte ein Torffeuer; ein dreibeiniger Hocker stand davor. Ich ließ mich darauf nieder, streckte die Hände gegen die Flammen aus und sah mich um.

Die Einrichtung des kleinen Raumes bestand nur aus einem Bett, einem einfachen Tisch mit zwei Stühlen und einem Tellerbord. Ein grauer Schafwollteppich lag auf dem Boden, und über dem Kaminsims hing ein Heiligenbild. Das Licht kam von einer Petroleumlampe, die auf dem Tisch stand. Ich bemerkte nur zwei winzige Fenster – eines an der Süd- und eines an der Westseite. Das erklärte, weshalb ich beim Heranreiten keinen Lichtschimmer gesehen hatte.

Der Alte stieß die Tür auf und polterte über die Schwelle. Erst jetzt merkte ich, daß er ein ledernes Wams trug und altmodische Schnürstiefel bis fast zu den Knien. Er hängte seine Stallaterne an einen Haken neben der Tür und sagte: „Aha, Sie haben sich ans Feuer gesetzt. Der Nebel macht klamme Finger, wie? Nein, nein, behalten Sie nur Platz, Miß. Jetzt sollen Sie einen Schluck zu trinken bekommen, der Tote wieder zum Leben erweckt!“

Er ging jedoch noch nicht, sondern schraubte den Docht der Lampe höher, so daß der Lichtschein heller wurde. Dabei musterte er mich so eindringlich, daß ich verlegen wurde.

„Hab Sie noch nie gesehen“, sagte er. „Sie sind nicht von hier, wie?“

„Nein“, erwiderte ich. „Ich komme aus Deutschland. Und ich bin für Colin Campbell verantwortlich. O bitte, helfen Sie mir! Wir müssen ihn suchen! Ich weiß nicht, was ihm zugestoßen ist.“

„Ihn suchen – bei diesem Nebel?“ Der Alte schüttelte den Kopf. „Das geht nur mit einem Hund, Miß, und ich habe keinen. Der Junge kommt schon allein zurecht. Er reitet so gut wie sein Vater und ist schließlich hier im Hochland geboren.“

„Kennen Sie ihn denn?“ fragte ich.

„Freilich. Ich kenne sie alle, die droben im Schloß wohnen. Kannte auch Colins Mutter. Eine feine Lass war sie und nicht zu vornehm, um hier in meiner armseligen Hütte zu sitzen und sich Märchen von mir erzählen zu lassen.“

„Hieß sie so, ‚Lass‘?“ Ich sah ihn an, und er lachte herzlich, klopfte mir auf die Schulter und legte dann zwei frische Torfstücke aufs Feuer.

„Freilich, das können Sie nicht wissen, Miß, daß ‚Lass‘ bei uns soviel wie Mädel bedeutet. Obwohl Sie gut Englisch sprechen, das muß man Ihnen lassen. Hätte nie gedacht, daß Sie Deutsche sind, wahrhaftig nicht!“

„Meine Mutter war Engländerin“, sagte ich.

„Ja so, deshalb.“ Er ging quer durch den Raum und verschwand durch eine Tür, die vermutlich zur Küche führte. Gleich darauf kehrte er mit einem zur Hälfte gefüllten Glas zurück.

„So, das trinken sie jetzt mit einem Schluck aus“, sagte er. „Dann sollen Sie mal sehen, wie gut Ihnen das tut.“

„Ist das Whisky?“ fragte ich mißtrauisch.

„Guter schottischer Gerstensaft, jawohl.“ Er kicherte und reichte mir das Glas.

Ich hatte noch nie Whisky getrunken. Er roch scharf und würzig, und ich befolgte die Anweisung des Alten und schluckte den Inhalt des Glases auf einmal. Sofort bekam ich einen wilden Hustenanfall. Meine Kehle brannte und meine Augen tränten.

„Ja, ja, man muß sich erst daran gewöhnen.“

Ich rang nach Luft und merkte, daß er sich abwandte, um ein Lächeln zu verbergen. „Das war stark“, sagte ich, als ich wieder sprechen konnte. „Aber hören Sie – ich mache mir solche Sorgen um Colin. Vielleicht ist er doch vom Pferd gestürzt! Wenn ich nur wenigstens im Schloß Bescheid sagen könnte. Sie haben wohl kein Telefon, nehme ich . . .“

Ich verschluckte den Rest des Satzes. Erst als ich das Wort „Telefon“ ausgesprochen hatte, war mir klargeworden, wie dumm die Frage klingen mußte – in diesem Haus, in dem es nicht einmal elektrisches Licht gab.

„Wenn Sie einen von diesen neumodischen Apparaten meinen“, sagte der alte Schotte, „dann kann ich Ihnen damit allerdings nicht dienen. Das ist alles Teufelswerk!“ Er schnitt eine entrüstete Grimasse. „Und jetzt schlagen Sie sich Colin aus dem Kopf, er ist schließlich ein Campbell aus dem Hochland, und das ist nicht das erste und bestimmt auch nicht das letzte Mal in seinem Leben, daß er vom Nebel überrascht wird. Seien Sie froh, daß Sie selbst in Sicherheit sind – für Fremde ist so was viel gefährlicher.“

Ich sah ein, daß ich im Augenblick wirklich nichts tun konnte, und merkte, wie ich mich langsam etwas entspannte. Der Whisky wärmte mich von innen, das Torffeuer von außen, und nach einigen Minuten des Schweigens fügte der Alte schmunzelnd hinzu: „So, jetzt gefallen Sie mir schon besser. Sie bekommen ja ganz rote Backen, Miß. Sie und auf Colin aufpassen! Sie sind ja selbst noch blutjung, bei meiner Seel'!“

„Ich bin siebzehn“, sagte ich würdevoll.

Er nickte lachend mit dem Kopf. „Ho, ein stattliches Alter! Und wie heißen Sie, wenn ich fragen darf?“

„Ach, tut mir leid, ich habe mich ja noch nicht vorgestellt. Ich bin Jenny Helmer.“

„Jenny – ein hübscher Name. Und ich heiße Ian McCalloch, aber alle nennen mich nur den Torf-Ian.“

„Weshalb?“

„Weil ich mit Torf handle, deshalb. Hab hier im Rannoch-Moor einen Torfstich, und von Zeit zu Zeit lade ich meinen Wagen voll, spanne Prinz Charlie davor und kutschiere durch die Gegend, um die Leute mit Torf zu beliefern." Er sah auf seine Hände nieder. „Es ist kein leichtes Brot, und irgendwann werde ich zu alt und zu schwach sein, um noch Torf zu stechen. Aber ich bin mein eigener Herr, und das ist mir wichtiger als Urlaubsgeld und Altersversicherung und was sie den Leuten in den Fabriken so alles versprechen. Ich bin frei geboren, hier oben im Hochmoor; und hier will ich auch sterben."

Sein ganzes Leben hier zu verbringen, allein und mit harter Arbeit – das konnte ich mir kaum vorstellen. Ich stand auf, trat an eines der Fenster und versuchte hinauszusehen.

„Der Nebel löst sich nicht."

„Das wird er auch so schnell nicht tun – nicht vor morgen früh", prophezeite Ian McCalloch.

Ich sagte erschrocken: „Aber was soll ich nur tun? Ich kann doch unmöglich über Nacht hierbleiben. Ich muß aufs Schloß zurück!"

Er schüttelte den Kopf. „Sie sind hier in einem Landstrich, in dem man sich noch manchmal der Natur fügen muß, wie's die Menschen in alten Zeiten ihr Leben lang taten. Die Natur ist stärker als wir, aber das ist für ein Stadtmädel wie Sie wohl schwer zu begreifen. Wenn es sein muß, überlasse ich Ihnen mein Bett und mache mir selbst ein Lager im Heu zurecht." Eine gewisse Genugtuung schwang in seiner Stimme, als er hinzufügte: „Ja, die Natur ist stärker als wir Menschen, auch wenn viele das über ihren großartigen Maschinen nicht mehr wahrhaben wollen."

Ich war jetzt nicht in der Stimmung für philosophische Betrachtungen. Meine Hilflosigkeit war mir wieder deutlich zu Bewußtsein gekommen, und der Gedanke an Colin ließ mich nicht los. Seufzend wandte ich mich vom Fenster ab. In diesem Augenblick richtete sich der Alte auf und legte den Finger an die Lippen.

Plötzlich hörte ich es auch: Aus der Ferne erklang Hundegebell.

„Das könnten Leute vom Schloß sein, die nach Ihnen suchen."

Wir gingen zur Tür und öffneten, und Ian McCalloch rief mit seiner tiefen, heiseren Stimme: „Ho – hierher! Ho – hier ist die Lass!“

Das Gebell verwandelte sich in heiseres, aufgeregtes Kläffen.

„Ich komme! Such, Jolly, such!“ rief eine Männerstimme, die mir bekannt vorkam.

Ian McCalloch nahm die Laterne vom Haken und schwenkte sie hin und her. „Ho!“ schrie er wieder. „Hierher!“

Im Nebel tauchte ein trüber Lichtschein auf, verschwand wieder und wurde wie ein Irrlicht von neuem sichtbar. Ich beobachtete ihn mit angehaltenem Atem, lauschte dem Bellen und Kläffen und den kurzen Befehlen.

Plötzlich erschien das Gesicht eines gefleckten Jagdhundes vor uns; Rumpf und Beine lösten sich aus dem Nebel, und das Tier stürzte japsend auf uns zu. Es sprang an mir hoch und beschnupperte den alten Ian. Der hielt die Lampe vorgestreckt, und am anderen Ende der Leine wurde eine hochgewachsene Gestalt im weiten Umhang sichtbar. Es war Alan Campbell.

10

„Haben Sie Colin gefunden? Was ist mit ihm?“ rief ich sofort.

Es tat gut, Alans beruhigendes Lachen zu hören. „Der Junge ist gesund und munter“, sagte er. „Sein Pferd hatte Verstand genug, direkt in den Stall zu laufen. Colin erhob sofort ein furchtbares Geschrei, daß Ihnen wahrscheinlich etwas zugestoßen sei.“ Er schüttelte dem alten Schotten die Hand und fügte hinzu: „Sie haben wohl den Samariter gespielt, Ian?“

„Nein, die junge Dame ist von allein zu mir gekommen – das heißt, ihre Stute hat sie hier abgeliefert.“

Ich hatte vor Erleichterung ganz weiche Knie. Zu dritt gingen wir ins Haus zurück; Jolly, der Jagdhund, stürmte an uns vorbei und legte sich mit triumphierender Miene vor den offenen Kamin.

„Braver Junge", sagte Alan und streichelte ihn. „Hast deine Sache gutgemacht." Er legte seinen Umhang ab, setzte sich auf einen Stuhl und streckte die langen Beine aus. „Wir fürchteten schon, Sie wären vom Pferd gestürzt oder in ein Sumpfloch gefallen, Miß Helmer. So ein Nebel im Hochmoor kann für einen Fremden sehr gefährlich werden. Sie hatten großes Glück."

„Dabei wäre sie am liebsten gleich wieder losgerannt, um nach Colin zu suchen", mischte sich Ian McCalloch ein. „Sie machte sich große Sorgen um den Jungen. Wie wär's mit einem Schlückchen, Alan?"

„Ja, gern – bei dem Wetter kann man's vertragen "

„Sie auch noch ein Gläschen Gerstensaft, Miß?"

Ich schüttelte heftig den Kopf, und die beiden lachten.

Während der Alte in die Küche ging, sagte Alan: „Das war ein Abenteuer, von dem Sie wohl noch Ihren Enkelkindern erzählen werden, hab ich recht?"

„Ja", erwiderte ich, „aber sie werden's mir wohl kaum glauben."

Er kam zum Kamin, warf ein Torfstück auf die Glut und sah mich an. Sein Gesicht war ernst. „Sie haben wohl große Angst ausgestanden?"

„Ich hatte vor lauter Sorge um Colin eigentlich gar keine Zeit, mich zu fürchten."

Der Alte kam zurück, reichte Alan ein Glas Whisky und trank selbst einen kräftigen Schluck. „Sie sind sicher nicht der einzige, der auf die Suche nach dem kleinen Fräulein gegangen ist, wie?" fragte er Alan.

„Nein. Mein Bruder ist ebenfalls unterwegs, dazu noch McGregor, der Kutscher und ein Stallbursche. Ich glaube, wir sollten sie nicht zu lange durch die Gegend laufen lassen, sondern möglichst rasch nach Rannoch zurückkehren. Wir haben vereinbart, daß derjenige die Wetterglocke läutet, der Miß Helmer gefunden hat, damit die anderen Bescheid wissen."

Es war, als hätte Jolly seine Worte verstanden, denn der Hund stand auf, streckte sich und lief schweifwedelnd zur Tür. Ian McCalloch nannte ihn einen klugen Burschen. „Warten Sie noch eine Sekunde", sagte er. „Ich führe nur die Stute aus dem Stall, dann können Sie aufbrechen."

Lassie schnaubte, als sie Alan erkannte, und versetzte ihm einen freundschaftlichen Puff gegen die Schulter. „Braves Mädel", murmelte er. „Wollen Sie aufsitzen, Miß Helmer?"

Ich schüttelte den Kopf. „Nein, für heute bin ich genug geritten. Außerdem fühle ich mich sicherer, wenn ich bei diesem Nebel festen Boden unter den Füßen habe. Ich werde Lassie am Zügel führen."

Ian McCalloch schüttelte mir zum Abschied die Hand. „Es war mir ein Vergnügen, mal wieder junges Blut im Haus zu haben", sagte er feierlich. „Kommen Sie nur wieder vorbei, wenn Ihnen danach zumute ist. Beim Torf-Ian sind Sie jederzeit willkommen."

„Danke", erwiderte ich. „Vielen Dank für alles. Ich komme wirklich gern – mit Colin, wenn es Ihnen recht ist. Vielleicht erzählen Sie uns dann eines von Ihren Märchen."

Der Alte blieb unter dem tiefgezogenen Strohdach stehen, während wir uns auf den Weg zum Schloß machten. Alans Taschenlampe schnitt kleine Lichtkegel in den Nebel, und Jolly lief immer ein paar Schritte voraus. Der Hund war als einziger von uns imstande, den richtigen Weg zu finden. Als ich mich umwandte, sah ich den Schein von Ian McCallochs Laterne noch matt im Nebel schimmern.

„Geben Sie mir Ihre Hand", sagte Alan nach einer Weile, als ich über einen Stein stolperte.

Etwas verlegen ergriff ich seine ausgestreckte Rechte. Es war schön, seinen festen, sicheren Griff zu spüren, und meine anfängliche

Scheu ließ bald nach. Lassie ging ohne zu zögern hinter dem Jagdhund her; ich brauchte die Zügel nur ganz locker zu halten. Eine Weile sprach keiner von uns. Wieder hatte ich das Gefühl, das alles sei nur ein Traum.

„Was hier doch für seltsame Dinge passieren", sagte ich unwillkürlich.

„Ja, nicht?" Ein leichter Druck seiner Hand, und er fügte hinzu: „Eine Großstädterin wie Sie muß sich bei uns wie auf einem fremden Stern fühlen."

„Wie in einem alten Märchen", verbesserte ich.

Er lachte. „Hänsel und Gretel, die sich im Wald verirren. Und Ian McCallochs Hütte als Hexenhaus?"

„Ich wußte nicht, daß Sie deutsche Märchen kennen."

„O ja, wenigstens ein paar. Meine Schwägerin – Colins Mutter, meine ich – sammelte Märchen. Es machte ihr großen Spaß, die alten schottischen Sagen mit solchen aus anderen Ländern zu vergleichen. Man stößt da auf viele Gemeinsamkeiten, die man eigentlich nie vermuten würde."

„Sie muß eine interessante Frau gewesen sein."

„Ja, das war sie. Und vor allem warmherzig und einfühlsam. Menschen wie sie findet man nur selten. Es war ein harter Schlag für meinen Bruder, als er sie verlor."

„Für Colin ist es das heute noch", erwiderte ich leise. „Er hält sich für schuldig am Tod seiner Mutter."

Alan blieb stehen. „Hat er Ihnen das gesagt?"

„Ja."

„Aber der Junge kann doch nicht von selbst auf so einen Gedanken gekommen sein!"

Langsam gingen wir weiter. „Das scheint mir auch so. Ich fürchte überhaupt, daß Colin allen möglichen Einflüssen unterliegt, die nicht gut für ihn sind."

„Sie meinen seine Gespensterfurcht?"

„Ja. Das kann unmöglich alles seiner eigenen Phantasie entsprungen sein. Als heute im Wald der Nebel aufkam, behauptete er steif und fest, es wären tanzende Feen."

„Aber wer könnte dahinterstecken? Jemand von der Dienerschaft?"

„Ich weiß es nicht."

Alan erwiderte nach kurzem Schweigen: „Allerdings gibt es hier im Hochland viele Menschen, die hinter allen möglichen Ereignissen übernatürliche Kräfte vermuten und überall Gespenster sehen. Und ein Kind ist für solche Einflüsse sehr empfänglich."

„Sicher, bis zu einem gewissen Grad. Aber hinter Colins Furcht steckt mehr." Ich dachte an den Zwischenfall von vergangener Nacht, als Colin mich wachgerüttelt hatte. War es wirklich erst letzte Nacht gewesen? Ich schwankte einen Augenblick, ob ich Alan davon erzählen sollte. Doch dann erwähnte er es vielleicht zufällig in Gegenwart seines Bruders und seiner Schwägerin, und das wollte ich vermeiden. So sagte ich nichts.

Plötzlich lief der Hund schneller vorwärts, und auch die Stute bewegte sich rascher. Alan sagte: „Ich glaube, wir haben's geschafft."

Er ließ den Strahl seiner Taschenlampe kreisen. Der Lichtkegel blieb auf einem Stück Ziegelmauer haften und streifte eine schmiedeeiserne Rose. Wir hatten das Tor von Schloß Rannoch erreicht.

Plötzlich erklang heiseres Gebell. Die Jagdhunde kamen uns entgegengelaufen, begrüßten Jolly und die Stute kläffend und sprangen an Alan und mir hoch.

Die Lampe über dem Portal warf ihren sternförmigen Schein über die Freitreppe und den Vorplatz. Als wir über den Hof gingen, wurde das Portal geöffnet, und eine schmächtige Gestalt erschien auf der Schwelle.

Es war Colin. Er rannte die Stufen hinunter, und ich ließ Lassies Zügel los und breitete die Arme aus. Da umschlang er mich stürmisch, schmiegte den Kopf an meine Schulter und rief schluchzend: „Sie sind da! Ihnen ist nichts passiert! Sie sind wirklich da!“

Seine Locken kitzelten mein Kinn. Ich hielt ihn im Arm, und über Colins Kopf hinweg begegnete ich Alan Campbells Blick.

11

Der Nebel löste sich wirklich erst am nächsten Morgen, und nachmittags fuhr Alan Campbell nach Glasgow zurück. Er kam in Colins Zimmer, wo wir gerade Deutschunterricht hatten, um sich zu verabschieden.

„Ich bleibe nicht lange fort. Zu den Hochland-Spielen bin ich wieder hier“, sagte er und fügte lächelnd hinzu: „Paß gut auf Miß Helmer auf, Colin. Sie hat offenbar ein Talent dafür, in die Klemme zu geraten.“

Wir gaben uns die Hand, und er klopfte Colin auf die Schulter; dann war er fort. Als seine Schritte im Flur verhallt waren, fragte ich, was es mit den Hochland-Spielen auf sich hätte.

Colin sah mich erstaunt an. „Ja, wissen Sie das denn nicht? Ende August finden bei uns Spiele und Wettkämpfe statt – im Dudelsackpfeifen, im Steineschleudern und Hammerwerfen. Die alten Reeltänze werden vorgeführt, und es ist immer eine Menge los, Sie werden’s schon sehen. Ich freue mich schon sehr darauf.“ Plötzlich verdüsterte sich sein Gesicht. „Wenn ich nur nicht wieder mit Wolf und Agnes hingehen muß!“

Ich sagte: „Diesmal werden wir beide gemeinsam hingehen, Colin. Und vielleicht ... vielleicht kommt auch Alan mit, was meinst du?“

„Ach, Alan“, erwiderte er. „Der geht doch immer mit den Erwachsenen.“ Ich merkte, wie er mir einen Seitenblick zuwarf. „Obwohl man’s diesmal nicht so genau wissen kann.“

Die folgenden Tage verliefen ruhig, und auch nachts ereigneten sich keine Zwischenfälle mehr. Ich begann zu hoffen, daß Colins überreizte Phantasie sich durch den Zimmerwechsel und meine ständige Nähe etwas beruhigt hatte. Er war ausgeglichener geworden. Nur mittags und abends, wenn er aus dem Kinderzimmer zurückkam, sah ich stets jenen Blick hilflosen Aufruhrs in seinen Augen, den ich nun schon kannte.

„Dieser Wolf!" sagte er eines Nachmittags und ballte die Fäuste. „Ich wollte, er wäre tot!"

Ich wies ihn nicht zurecht, weil ich mich aus meiner eigenen Kindheit an ähnliche Aussprüche erinnerte. „Was hat er dir denn getan?" fragte ich nur.

Colin war in finsteres Brüten versunken und antwortete nicht. Nach einer Weile murmelte er: „Aber eines steht fest: daß ich einmal der Herr auf Rannoch sein werde, und wenn Wolf ihnen hundertmal lieber ist. Da können sie sagen, was sie wollen!"

Ich sah ihn an und merkte, daß er Tränen in den Augen hatte.

„Wer sagt was?" fragte ich sanft.

Da brach es aus ihm heraus. „Agnes – sie sagt, daß Wolf viel klüger und begabter ist als ich und . . . und daß er edleres Blut hat, weil seine Mutter aus einer vornehmen alten Familie stammt, während meine nur ein einfaches Mädchen war. Sie . . ." Er stockte und holte schluchzend Atem. „Sie sagt, Wolf hätte eigentlich mehr Recht, den Titel und den Besitz zu erben." Colin wandte sich ab und trat ans Fenster.

Mir wurde heiß vor Empörung. Wie konnte diese alte Frau nur so grausam sein und dem Jungen so etwas sagen? Daß sie in ihrer blinden Liebe zu dem kleinen Wolf so weit gehen würde, hatte ich nie geglaubt. Ich trat hinter Colin und sagte: „Komm, hier hast du mein Taschentuch."

Dann wartete ich, bis er sich geräuschvoll die Nase geputzt hatte. „Glaub mir, das ist alles Unsinn! Agnes weiß nicht, was sie redet. Sie ist eine einfache Frau und ganz vernarrt in Wolf. Du darfst nicht alles ernst nehmen, was sie sagt. Hast du einmal mit deinem Vater über die Sache geredet?"

Er schüttelte den Kopf und erwiderte mit erstickter Stimme: „Nein, aber er ... er denkt insgeheim sicher genauso wie Agnes, wenn er's mir auch nie sagen würde. Er wünscht sich bestimmt, daß Wolf sein Erstgeborener wäre – ja, ganz sicher!"

„Jetzt redest du aber dummes Zeug! Dein Vater liebt dich und ist stolz auf dich, das habe ich oft bemerkt. Meinst du nicht, daß es unfair ist, ihm einfach so etwas zu unterstellen, ohne daß du ihn je nach seiner Meinung gefragt hast?"

Colin sah überrascht zu mir auf. Seine Augen schwammen in Tränen. „Unfair?" wiederholte er.

„Ja", bekräftigte ich. „Du gibst ihm ja keine Chance, dir zu sagen, was er wirklich denkt. Und ich merke in jedem Gespräch, wie sehr er an dir hängt." Ich strich ihm übers Haar. „Laß dir nur nicht einreden, daß deine Mutter weniger wert gewesen wäre als die jetzige Lady Campbell. Es ist nicht wichtig, aus welcher Familie ein Mensch stammt; es geht darum, wie er selbst ist. Deine Mutter war bei allen hier sehr geachtet. Ich stelle das immer wieder fest, mit wem ich auch spreche. Alan sagte kürzlich, sie wäre ein Mensch gewesen, wie man ihn nur selten findet, so warmherzig und einfühlsam. Daran mußt du immer denken, Colin. Ich finde, du kannst stolz darauf sein, daß du eine Mutter hattest, von der alle nur Gutes erzählen."

Er gab keine Antwort auf diese lange Rede, doch ich merkte, daß er getröstet war. Insgeheim nahm ich mir vor, mit Sir Roderick über die Sache zu sprechen – wenn sich die passende Gelegenheit dazu ergab. Lady Campbell hielt große Stücke auf die alte Kinderfrau. Das bedeutete, daß ich vorsichtig vorgehen mußte, wenn ich Colin nicht mehr schaden als nützen wollte.

Einige Stunden später kam mir das Gespräch wieder in den Sinn, das Lord und Lady Campbell wenige Tage nach meiner Ankunft während des Abendessens geführt hatten. Sir Roderick hatte Colins Rechte als Erstgeborener ungewöhnlich entschieden verteidigt. Seine Frau dagegen hatte versucht, ihm klarzumachen, daß Wolf vielleicht besser geeignet sei, Titel und Besitz zu übernehmen.

Mit gerunzelter Stirn saß ich am Fenster und versuchte mich an Lady Campbells Worte zu erinnern. Sie hatte gesagt, daß Colin unausgeglichen sei und vielleicht nicht imstande wäre, eine so große Verantwortung zu übernehmen.

Sowohl Lady Campbell als auch die Kinderfrau waren also der Meinung, daß nicht Colin, sondern Wolf einmal Herr auf Schloß Rannoch werden sollte. Und obwohl sie verschiedene Erklärungen dafür gaben, war ihr Beweggrund doch derselbe: ihre übergroße Liebe zu Wolf und ihre Kälte, ja, vielleicht sogar Abneigung gegen Colin.

Ich hatte wirklich allen Grund, vorsichtig zu sein, wenn ich die Sache mit Lord Campbell besprach. Vielleicht wäre es sogar besser gewesen, zu schweigen, doch ich konnte unmöglich zulassen, daß die alte Kinderfrau Colin auf diese Weise quälte und seine Wehrlosigkeit ausnützte.

Am folgenden Tag holte ich Colin vom Kinderzimmer ab, um mit ihm auszureiten. Dabei sah ich Agnes' Gesicht für einen Moment hinter der offenen Tür. Sie wandte sich sofort ab, ohne meinen Gruß zu erwidern.

Ein flüchtiger Blick hatte genügt, um zu erkennen, daß ich sie mir nun endgültig zur Feindin gemacht hatte. Der Haß in ihren Augen war so deutlich gewesen, als hätte sie ihn mir ins Gesicht geschrien.

Auf der Treppe sagte Colin: „Sie ist wütend auf Sie, glaube ich."

Ich brauchte nicht zu fragen, wen er meinte. „Heute fing sie wieder damit an", fuhr er fort, und ich merkte, daß er diesmal bei weitem nicht so verzweifelt war wie am Vortag. „Sie redete dauernd davon, daß Wolf tausendmal besser ist als ich und daß kein anderer als er Schloßherr werden muß. Da hielt ich's nicht mehr aus und habe sie angeschrien, sie soll den Mund halten, sie wüßte ja nicht, was sie redet, und sie wäre ganz vernarrt in Wolf – das hätten Sie auch gesagt.“ Er holte Luft. „Hätte ich das nicht verraten dürfen?“

„Doch“, erwiderte ich fest, „du hattest ganz recht. Vielleicht läßt sie dich in Zukunft damit in Ruhe.“ Doch ihr haßerfüllter Blick schien mich den ganzen Tag lang zu verfolgen. Es war, als könnte ich die Erinnerung daran nicht abschütteln.

An diesem Abend saß Lord Campbell allein im Speisesaal. Er begrüßte mich freundlich wie immer, als ich eintrat, und sagte: „Meine Frau ist noch in der Ortschaft. Sie wird heute erst spät nach Hause kommen. Vor den Festspielen gibt es immer eine Menge zu tun, und sie hat sich's in den Kopf gesetzt, daß der Wohltätigkeitsbazar ein glänzender Erfolg werden muß.“ Er lächelte mir zu. „Übrigens soll ich Ihnen einen Gruß bestellen.“

„Einen Gruß?“ wiederholte ich.

„Von meinem Bruder. Er hat heute aus Glasgow angerufen und bestellte mir einen Gruß für Sie.“

„Oh, vielen Dank“, sagte ich etwas verwirrt.

Eine Weile aßen wir schweigend unsere Suppe. Ich wußte, daß nun der richtige Augenblick gekommen war, über Colin und Agnes zu sprechen, doch es war nicht einfach, den Anfang zu machen. Schließlich half mir Sir Roderick unbeabsichtigt, indem er sich nach Colin erkundigte.

„Ich hoffe, der Zimmerwechsel hat etwas genützt“, sagte er. „Oder wandert der Junge vielleicht noch immer nachts durchs Schloß?“

„Nein, das tut er nicht mehr. Er ist überhaupt viel ausgeglichener geworden, und ich komme wunderbar mit ihm zurecht.“ Ich hob den Blick von meinem Teller. „Colin ist ein lieber Junge; nur . . .“

Sir Roderick musterte mich aufmerksam. „Nur?“

Ich schluckte. „Ich weiß nicht recht, wie ich es Ihnen sagen soll. Es . . . es ist so schwierig.“

Er legte seinen Löffel beiseite. Der Speiseaufzug surrte, doch noch waren die Mädchen nicht erschienen, um das Hauptgericht zu servieren. „Nur keine Angst. Sie können ganz offen mit mir reden."

Mir wurde heiß, denn ich wußte, wie wichtig es war, jetzt die richtigen Worte zu finden. „Gestern, nach dem Mittagessen, kam Colin ganz verzweifelt zu mir", begann ich zögernd. „Er war völlig durcheinander, weinte und erzählte mir ... Nun, die Kinderfrau muß zu ihm gesagt haben, Wolf hätte eigentlich mehr Recht als er, den Titel zu erben und Schloßherr zu werden. Und daß Wolf viel begabter und klüger sei und edleres Blut hätte, weil Colins Mutter nur ein einfaches Mädchen gewesen sei. Und es war offenbar nicht das erste Mal, daß sie ..."

Sir Roderick unterbrach mich. „Das ist ja die Höhe!" rief er und schlug mit der Faust auf den Tisch. „Unglaublich ist das!" Die Adern auf seiner Stirn schwollen an, und sein Gesicht wurde tiefrot. Er schob seinen Stuhl zurück und sprang auf.

In diesem Augenblick öffnete sich die Tür, und zwei Dienstmädchen kamen, um zu servieren. Sir Roderick drehte ihnen den Rücken zu, um seine Erregung zu verbergen, und stellte sich vor den Kamin, während die Schüsseln aufgetragen wurden.

Ich saß wie versteinert da. Hatte ich etwas falsch gemacht? Eine so heftige Reaktion hatte ich nicht erwartet.

Kaum hatte sich die Tür wieder hinter den Dienstmädchen geschlossen, da wandte sich Lord Campbell um. Er sah nun etwas ruhiger aus, und sein Gesicht war nicht mehr ganz so rot.

„Tut mir leid", sagte er. „Ich hoffe, ich habe Sie nicht erschreckt. Ich bin leider manchmal etwas aufbrausend." Er lächelte entschuldigend und setzte sich wieder auf seinen Stuhl. „Aber die Sache ist doch einfach zu toll! Als hätte ich es nicht längst geahnt, daß diese verdrehte alte Person Colin das Leben schwermacht!" Er schob sich seinen Teller zurück und stützte den Kopf in beide Hände. „Ja, ich habe es geahnt und mich doch nie wirklich darum gekümmert. Das muß ich mir zum Vorwurf machen. Kein Wunder, daß der Junge so wenig Vertrauen zu mir hat."

Ich erwiderte leise: „Ich glaube, Sie sollten einmal offen mit ihm reden. Colin glaubt nämlich, daß auch Sie der Meinung sind, Wolf sollte eigentlich Ihren Titel und die Ländereien erben."

Er hob den Kopf und starrte mich an. „Hat er das gesagt?" fragte er mich ungläubig.

„Ja. Er denkt wohl, Sie hätten eine sehr geringe Meinung von ihm. Ich habe versucht, ihm das auszureden, aber ich weiß nicht, ob es mir so recht gelungen ist."

Sir Roderick biß sich auf die Lippen. „Ja, er hat kein Vertrauen zu mir", wiederholte er bitter. „Ich habe mich nie genug um ihn gekümmert. Der arme Junge." Sekundenlang sah er vor sich hin und schien in trübe Gedanken versunken. Dann straffte er die Schultern und sagte entschlossen: „Auf jeden Fall werde ich dafür sorgen, daß Agnes künftig keine Gelegenheit mehr haben wird, Einfluß auf Colin auszuüben."

Ich wagte einen Einwand. „Aber Ihre Frau legt so großen Wert darauf, daß Colin täglich mit seinem Bruder zusammenkommt."

Er beobachtete mich nachdenklich. „Ja, ich weiß. Und ich halte das schon seit langem für Unsinn. Man kann die Kinder nicht zwingen, Zuneigung füreinander zu empfinden. Solche krampfhaften Versuche bewirken vielleicht gerade das Gegenteil. Wenn Colin und Wolf ein paar Jahre älter sind, wird sich ihr Verhältnis möglicherweise ganz von selbst verbessern."

„Ja", sagte ich, „genau das glaube ich auch."

Sir Roderick nickte. „Aber sie glauben nicht, daß meine Frau das einsehen wird, habe ich recht? Ja, es wird wohl nicht leicht sein, ihr die Sache klarzumachen. Aber ich werde mein Bestes versuchen." Er runzelte die Stirn. „Die alte Agnes war schon ihre Kinderfrau, wissen Sie. Und als meine Frau Wolf erwartete, hat sie Agnes zu uns aufs Schloß geholt. Die beiden hängen sehr aneinander. Das ist wohl auch der Grund, weshalb Agnes so vernarrt in Wolf ist und Colin ablehnt."

„Ach so, jetzt verstehe ich das alles schon besser."

Lord Campbell seufzte. „Ich schätze den Mut, mit dem Sie sich für Colin einsetzen."

„Danke", sagte ich etwas verlegen.

„Und ich werde demnächst einmal unter vier Augen mit dem Jungen reden, sobald sich die Gelegenheit dazu ergibt. Vielleicht denkt er dann etwas besser von mir. – Aber jetzt fangen Sie zu essen an, sonst wird Ihr Braten kalt, Kind."

12

Am späten Abend des gleichen Tages erhob sich ein seltsamer Wind, der mich lange nicht einschlafen ließ. Er stöhnte in der Rieseneiche, die vor dem Schloß wuchs, und die Vorhänge flatterten wie Vögel in der Dunkelheit. Die alten Balken knackten, und irgendwo tickte ein Holzwurm. Dann erklangen ferne Eulenschreie.

Ich wälzte mich unruhig in meinem Bett. Das Gespräch mit Sir Roderick ging mir wie ein Mühlrad im Kopf herum. Plötzlich war mir klar, daß Lady Campbell diese Einmischung sicherlich übelnehmen würde. Außerdem schien sie sehr viel von ihrer ehemaligen Kinderfrau zu halten und würde es wohl nicht ohne weiteres hinnehmen, daß ich Sir Roderick gegen Agnes eingenommen hatte. Und vor allem teilte Lady Campbell ja Agnes' Meinung, daß Wolf der geeignetere Erbe sei.

Meine Unruhe steigerte sich, während ich auf die nächtlichen Geräusche lauschte. Wenn ich bei Lady Campbell in Ungnade fiel, waren meine Tage auf Schloß Rannoch gezählt. Ich wußte zwar, daß Sir Roderick auf meiner Seite stand, doch seine Frau war die Stärkere von beiden. Und es gab viele Möglichkeiten, mir meinen Aufenthalt so zu verleiden, daß ich freiwillig das Feld räumte.

Ich dachte auch an meinen Vormund und stellte mir vor, wie es sein würde, wenn ich schon nach so kurzer Zeit wieder zu ihm zurückkehren mußte. Doch es ging nicht nur um meine persönliche Niederlage – es ging vor allem auch um Colin.

Das Stöhnen des Windes wurde lauter und ebbte ab. Ich versuchte verzweifelt an etwas anderes zu denken, malte mir Alan Campbells Rückkehr aus. Doch vor sein lachendes Gesicht schob sich immer wieder das der alten Kinderfrau mit den haßerfüllten Augen. Und von neuem begann sich das Mühlrad in meinem Kopf zu drehen.

Endlich fiel ich in unruhigen Schlaf.

Ich weiß nicht, wie lange ich schlief. Angstträume quälten mich, und plötzlich erwachte ich mit wild klopfendem Herzen.

Die Vorhänge flatterten noch immer. Ein Strahl Mondlicht zog eine schmale Bahn über das Parkett. Sonst war es sehr dunkel im Zimmer. Furcht schnürte mir die Kehle zu, so daß ich kaum atmen konnte. Ich lauschte. Nichts war zu hören.

Doch plötzlich mischte sich ein fremder Laut in das Stöhnen des Windes. Es war ein schwaches Schleifen und Rascheln wie vom Saum eines langen Kleides, der über den Boden fegt.

Wie erstarrt lag ich da. All meine Sinne waren aufs äußerste angespannt. Da – jetzt hörte ich es wieder! Die Laute wurden deutlicher. Es war, als näherte sich jemand verstohlen meinem Bett.

Mit gewaltiger Anstrengung öffnete ich den Mund und flüsterte: „Colin?“

Niemand antwortete, doch das Gleiten und Schleifen verstummte. Ich grub die Fingernägel in die Bettdecke und versuchte mir einzureden, daß ich vielleicht nur eine Maus gehört hatte.

Plötzlich fiel mein Blick auf den Mondstrahl, der sich vom Fenster bis zum offenen Kamin hinzog.

In dem silbrigen Streifen zeigte sich deutlich eine Hand.

Ich brauchte all meine Beherrschung, um nicht zu schreien. Mit brennenden Augen starrte ich auf die Hand. Der Umriß einer Gestalt in weißem Umhang zeichnete sich in der Dunkelheit am Rand des Mondstrahles ab. Ich hätte sie vielleicht nicht einmal bemerkt, wenn nicht die ausgestreckte Hand gewesen wäre, die vom gleißenden Licht wie von einem Scheinwerfer angestrahlt wurde.

Sekundenlang war ich wie gelähmt. So mußte einem Kaninchen zumute sein, das vom Blick einer Schlange gebannt ist. Plötzlich bewegten sich die Finger. Ein Ring mit rotem Stein blitzte auf, und die Hand verschwand in der Dunkelheit. Ich spürte mehr als daß ich sah, wie sich die Gestalt langsam und gleitend durchs Zimmer bewegte – auf die Wand neben dem Schreibtisch zu.

Unvermittelt kam wieder Leben in mich. Mit einer heftigen Bewegung griff ich nach den Streichhölzern auf dem Nachttisch, öffnete die Schachtel und kramte mit zitternden Fingern ein Zündholz hervor. Hinter mir erklang ein leichtes Schnappen. Eine Ewigkeit schien zu vergehen, bis ich die Reibfläche fand.

Das Licht flammte auf, erhellte jedoch nur einen kleinen Umkreis: die Kissen und Decken, einen Bettpfosten, den Nachttisch. Doch dann hatte ich auch die Kerze gefunden, und als der Docht brannte und ich das Licht hob, sah ich, daß ich allein im Zimmer war.

Die Gestalt war verschwunden.

Ich war allein mit dem Luftzug vom Fenster, dem Flattern der Vorhänge, dem Sausen des Windes.

Einen Augenblick lang dachte ich, ich hätte all das nur geträumt. Doch als ich in den gleißenden Mondstrahl sah, wußte ich, daß die Erscheinung Wirklichkeit gewesen war – so wirklich wie dieser Lichtkegel, in dem Millionen von Staubkörnern tanzten.

Ja, die Gestalt hatte hier im Zimmer gestanden. Doch wie war sie verschwunden? Ich zwang mich, einigermaßen ruhig und kühl darüber nachzudenken. Aus dem Fenster konnte sie nicht geklettert sein. Nur ein sehr zierlicher Mensch, ein Kind vielleicht, hätte sich durchzwängen können, denn die Scheibe war nur ein Stück hochgeschoben. Überdies befand sich mein Zimmer im zweiten Stockwerk.

Ich wollte aufstehen und aus dem Fenster sehen, konnte mich jedoch einfach nicht dazu überwinden. Und während ich noch zum Fenster starrte, wurde mir bewußt, was ich eben gedacht hatte: *ein sehr zierlicher Mensch, ein Kind vielleicht.* War es möglich, daß Colin den ganzen Spuk veranstaltet hatte, um mich von seinen Schauergeschichten zu überzeugen?

Unwillkürlich schüttelte ich den Kopf. Nein, das konnte nicht sein. Die Gestalt war die eines erwachsenen Menschen gewesen, die Hand groß und knochig – keineswegs eine Kinderhand. Colin erzählte immer von einer Frau, die in seinem Zimmer erschien. Ich wußte jedoch nicht, ob sich hinter der Gestalt, die ich gesehen hatte, ein Mann oder eine Frau verbarg.

Dann fiel mir der Ring ein, den ich für den Bruchteil einer Sekunde aufblitzen sah. War es ein Siegelring oder ein Schmuckring gewesen? Ich wußte es nicht.

Doch das größte Rätsel blieb, wie die Gestalt aus meinem Zimmer verschwunden war. Sie mochte durch die Tür hereingekommen sein; ich hatte ja geschlafen. Später aber, ehe ich das Streichholz anzündete, stand sie nicht bei der Tür, sondern am anderen Ende des Zimmers, bei der Wand neben dem Schreibtisch. Und Sekunden später, als die Kerze brannte, war sie bereits verschwunden, als wäre sie durch die Wand gegangen.

Durch die Wand ... In alten Märchen und Sagen haben Gespenster die Fähigkeit, durch Wände zu gehen, doch ich glaubte ja nicht an Geister. Erst jetzt merkte ich, daß das heiße Kerzenwachs auf meine Hand tropfte. Endlich fand ich den Mut, aufzustehen.

Barfuß ging ich ans Fenster, schob die Vorhänge zur Seite und sah hinaus. Der Schloßhof, das Moor und die fernen Berge lagen träumend im Mondschein. Alles war still; auch der Wind hatte sich nun gelegt.

Als ich mich weiter hinausbeugte, sah ich, daß es selbst einem geübten Fassadenkletterer schwergefallen wäre, mein Fenster als Fluchtweg zu benutzen. Die Mauer war glatt und ohne Vorsprünge, das nächste Fenster weit entfernt. Da der Mittelbau des Schlosses etwas vorgesetzt war, konnte ich von der Seite einen Blick auf die grauen Erker und Türme werfen, die im Mondlicht wie eine Theaterkulisse wirkten.

Ich begann in meinem dünnen Nachthemd zu frieren. Leise schob ich das Fenster zu, wandte mich um und ging zum Schreibtisch. Obwohl ich wußte, daß es dort nichts zu entdecken gab, leuchtete ich die Wandvertäfelung ab, die kassettenartigen Verzierungen, die geschnitzten Äpfel und Weintrauben in den Vertiefungen. In Augenhöhe befand sich ein kunstvoll geformter Greifenkopf mit drohend geöffnetem Schnabel, der mir nie zuvor aufgefallen war.

Ich tappte zum Kamin und sah auf die Uhr. Es war fünf Minuten vor eins. Plötzlich kam mir Colin in den Sinn. War es möglich, daß er ebenfalls etwas gesehen oder gehört hatte und nun vielleicht voller Angst in seinem Zimmer lag oder durchs Schloß irrte?

Ich trat auf den Flur und lauschte eine Weile an Colins Tür. Nichts war zu hören. Mit unendlicher Vorsicht drückte ich die Klinke nieder und öffnete einen Spalt. Der Schein meiner Kerze irrte über den Teppich, die Kommode, erfaßte den Bettpfosten.

Als ich Colins dunklen Kopf in den Kissen sah, atmete ich erleichtert auf. Er schlief und hatte mich nicht gehört. Ich kehrte in mein eigenes Zimmer zurück und verriegelte die Tür.

Am folgenden Morgen fragte mich das Dienstmädchen während des Frühstücks, ob ich krank sei. „Sie sind so blaß“, sagte sie.

„Ach, es ist nichts. Ich habe nur schlecht geschlafen.“

Sie musterte mich noch einen Augenblick und sagte dann: „Die gnädige Frau möchte Sie sprechen. Sie erwartet Sie nach dem Frühstück in ihrem Salon."

Die Bombe war also schon geplatzt. Ich nickte und begann mein Ei zu löffeln, doch es schmeckte wie Asche. Nicht viel besser war es mit dem Tee und den Brötchen. Ich ließ das meiste unberührt auf dem Teller liegen und beschloß, die Sache möglichst rasch hinter mich zu bringen.

Während ich zum Mittelbau ging, fühlte ich mich wie ein armer Sünder auf dem Weg zum Richtplatz. Es dauerte eine Weile, ehe Lady Campbell auf mein Klopfen antwortete. Sie war noch im Morgenmantel, doch ihr Haar war wie immer sorgfältig hochgesteckt. Bis auf den üblichen, leicht mißbilligenden Blick, der meinen ausgewaschenen Jeans galt, verriet ihr Gesicht nichts von ihren Gefühlen.

„Bitte, setzen Sie sich doch, Miß Helmer", sagte sie. „Ich will Sie nicht lange aufhalten und habe auch selbst nur ein paar Minuten Zeit. Mein Mann sagte mir, es wäre sein Wunsch, daß Colin künftig nicht mehr im Kinderzimmer ißt, sondern mit Ihnen zusammen. Das heißt, das Abendessen werden wir alle gemeinsam im Speisesaal einnehmen. Colin ist jetzt alt genug, um abends mit uns Erwachsenen zu essen. Ich nehme an, daß Sie mit dieser Regelung einverstanden sind."

„Ja", erwiderte ich etwas verwirrt, „natürlich bin ich einverstanden." Ich schwankte zwischen Erleichterung und Unsicherheit. Lady Campbell erwähnte mein Gespräch mit Sir Roderick mit keinem Wort, verriet mit keiner Miene, was sie darüber dachte. Oder hatte er es ihr verschwiegen?

In meine Gedanken hinein sagte Lady Campbell: „Das wäre eigentlich schon alles." Sie seufzte. „Dieser Bazar entwickelt sich langsam zu einem Alptraum. Die Frauen des Wohltätigkeitsvereins haben versprochen, ihre Handarbeiten rechtzeitig zum Fest fertigzustellen, und nun muß man sie wie die Schulkinder überwachen und antreiben. Und dazu auch noch die Vorbereitungen für den Ball – ich weiß gar nicht, wie ich das alles schaffen soll!"

Ich wunderte mich so sehr über ihre plötzliche Offenheit, daß mir erst auf dem Korridor bewußt wurde, was sie gesagt hatte. Sollte ein Ball auf Schloß Rannoch stattfinden? Ich beschloß, Colin danach zu fragen, vergaß es aber dann über seiner ausgelassenen Freude, nicht mehr im Kinderzimmer essen zu müssen.

Den ganzen Nachmittag war er außer Rand und Band. Er sprang wie ein Rumpelstilzchen durchs Zimmer, umarmte mich immer wieder stürmisch und tanzte die Wendeltreppe des Südturmes hinunter, daß ich es mit der Angst zu tun bekam, er könnte sich den Hals brechen. Beim Ausritt konnte ich ihm auf Lassie kaum folgen, so wild galoppierte er über die Heide. Atemlos langten wir am Spätnachmittag wieder vor dem Schloßtor an. Nachdem wir die Pferde in den Stall gebracht hatten, balgte sich Colin noch mit den Hunden herum.

„Gut, daß du nicht jeden Tag so übermütig bist", sagte ich in der Schloßhalle. „Sonst müßte ich nämlich passen."

Colin sah mich von der Seite an. Plötzlich fiel alles Koboldhafte von ihm ab. „Sie sind heute so blaß und still, Jenny. Was ist los mit Ihnen?"

Ich murmelte hastig: „Oh, nichts. Ich . . . ich habe nur schlecht geschlafen." Und ehe er weitere Fragen stellen konnte, fügte ich hinzu: „Stimmt es übrigens, daß demnächst auf Rannoch ein Ball stattfindet?"

Colin nahm immer zwei Stufen auf einmal, und ich mußte es auch tun, wenn ich seine Antwort verstehen wollte. „Ja, natürlich, wußten Sie das nicht? Jedes Jahr zu Beginn der Hochland-Spiele gibt mein Vater einen Ball. Aber das ganze ist stinklangweilig, kann ich Ihnen sagen. Fast lauter uralte Leute, kaum einer unter hundert. Die meisten wackeln schon mit den Köpfen."

Ich mußte lachen. „So alt?"

„Nun ja, jedenfalls beinahe. Und dann die Verwandtschaft. Pfui Spinne! Sie können sich nicht vorstellen, wie viele Verwandte wir haben, Jenny."

Seufzend erwiderte ich: „Ich wollte, ich hätte wenigstens zwei oder drei. Es ist auch nicht gerade schön, so ganz allein auf der Welt zu sein, das kannst du mir glauben."

„Soll ich Ihnen ein paar abgeben?" Colin kicherte. „Wie wär's zum Beispiel mit Alan?" Wieder erinnerte er mich an einen Kobold. „He, Sie werden ja rot, Jenny! Das muß ich ihm erzählen."

„Wag es bloß nicht, du Affe!" rief ich und vergaß für einen Augenblick ganz, daß Colin mein Schützling war und ich seine Erzieherin.

Er setzte sich auf den obersten Treppenabsatz und wollte sich ausschütten vor Lachen. Dann wurde er plötzlich wieder ernst, sah zu mir auf und sagte: „Ich hab doch nur Spaß gemacht, Jenny."

Ich griff nach seiner Hand und zog ihn hoch. „Entschuldige, daß ich Affe zu dir gesagt habe."

„Ist schon gut, Sie dürfen das."

Bis zum Abendessen, das für Colin ein großes Ereignis war, da er zum erstenmal an einem ganz gewöhnlichen Tag mit den Erwachsenen an einem Tisch sitzen durfte, hatte ich den nächtlichen Spuk fast vergessen. Doch später, als ich mit Colin durch die dämmrigen Hallen und Korridore zum linken Flügel ging, kam die Angst zurück.

In dieser Nacht ließ ich das Licht brennen und kämpfte mit aller Macht gegen den Schlaf. Erst beim Morgengrauen stand ich auf, schaltete die Deckenlampe aus und wagte es, die Augen zu schließen.

Die Erscheinung war nicht wiedergekommen.

13

Natürlich erwartete ich nicht, daß Lord und Lady Campbell mich zu ihrem Ball einluden, und sie taten es auch nicht. Colin wurde trotz seiner Verachtung für die „Tattergreisparty", wie er es nannte, immer aufgeregter, je näher der große Tag rückte.

„Sie müssen mal sehen, in welchen Autos die hier aufkreuzen!" schwärmte er. „Mein Onkel Donald hat einen uralten Rolls-Royce, den kriegt ein Museum, wenn er stirbt. Sein Großvater wurde ‚Donald der Dreckige' genannt."

Ich kicherte. „Hat er sich nicht gewaschen?"

„O ja." Colin schüttelte ernsthaft den Kopf. „Weil er so ein alter Lustmolch war, deswegen."

„Aha", sagte ich. „Und woher weißt du das?"

„Ich hab mal gehört, wie's McGregor einem Dienstmädchen zugeflüstert hat." Colin beugte sich eifrig zu mir vor. „Wir sehen vom Musikantenboden aus zu, wie sie tanzen – nicht, das tun wir doch?"

„Was für ein Musikantenboden?" fragte ich.

„Über dem Ballsaal ist so eine Art Galerie, fast wie ein Chor in einer Kirche, wissen Sie. Früher haben da oben die Musiker gesessen. Heute sind sie unten im Saal. Ich bin jedes Jahr auf der Galerie und sehe zu; das macht mächtig Spaß."

„Und wenn man uns entdeckt?" fragte ich voller Unbehagen.

„Pah, was macht das schon? Außerdem merkt es sowieso keiner. Mich hat jedenfalls noch nie jemand dabei erwischt."

Mir war die Vorstellung, wie ein Schulmädchen ertappt zu werden, durchaus nicht angenehm. Andererseits brannte ich aber auch darauf, einmal einen richtigen großen Ball mitzuerleben, wenn auch nur als Zuschauer. So sagte ich nach einigem Zögern: „Also gut, schleichen wir uns auf die Galerie. Aber wir müssen sehr vorsichtig sein."

„Keine Angst, die sind viel zu sehr damit beschäftigt, umeinander herumzuscharwenzeln und sich den neuesten Klatsch zu erzählen, als daß sie etwas merken würden."

Ich hätte gern gefragt, ob auch Alan zum Ball kam, überlegte es mir dann aber anders. Colin war in diesem Punkt für meinen Geschmack etwas zu hellhörig.

Schon drei Tage vor dem Fest brach auf Schloß Rannoch fieberhafte Geschäftigkeit aus. In der Halle stand eine riesige Leiter. McGregor balancierte auf der obersten Sprosse und polierte den Deckenleuchter. Kerzen, Lebensmittel, Obst und Blumen wurden geliefert. Der Wildhüter kam mit frisch geschossenen Hasen und Birkhühnern; Wein und Whisky wurden aus dem Keller geholt, und eine Schneiderin war eigens aus Inverness aufs Schloß gekommen, um Lady Campbells Ballkleid zu nähen. In allen Gängen roch es nach einem Gemisch aus Terpentin und Bienenwachs, mit dem die alten Riemenböden eingelassen wurden, bis sie honigfarben glänzten.

So turbulent diese Tage auch waren, die Nächte verliefen ruhig, und nichts störte die tiefe Stille im Schloß bis auf die stets wiederkehrenden Geräusche, die mir nun schon vertraut waren: das Ticken und Schlagen der Uhr, das Knacken im Gebälk, das trockene Rascheln der Eichenblätter vor dem Haus, wenn der Wind durchs Geäst fuhr. Langsam begann ich mir einzureden, daß die Erscheinung im weißen Umhang nur ein böser Traum gewesen war, eine Ausgeburt meiner Phantasie.

Schließlich kam der Tag, an dem der Ball stattfinden sollte. Schon im Laufe des Vormittags erschienen die ersten Gäste aus allen Teilen Schottlands. Alan Campbell war nicht unter ihnen.

Colin hing am Fenster und ließ sich nicht bewegen, seinen Posten zu verlassen. Glücklicherweise war Samstag, und er hatte keinen Unterricht. Ab und zu rief er nach mir, und ich mußte mir einen besondes komischen Verwandten oder ein besonders einmaliges Auto ansehen.

Nachmittags summte Schloß Rannoch wie ein Bienenstock. Türen wurden zugeschlagen, das Personal eilte wie eine Schar aufgescheuchter Hühner durch die Gänge, aus der Halle erklang Stimmengewirr, und Colin hüpfte vor Aufregung von einem Bein aufs andere.

„Kommt dein Onkel Alan nicht?“ fragte ich schließlich.

„Keine Ahnung. Er macht sich nichts aus Bällen, glaube ich. Letztes Jahr hat er gesagt, daß er lieber in einer verräucherten Bierkneipe sitzt und zuhört, wie die alten Schotten ihre Lieder singen. Daraufhin war *sie* ganz entrüstet.“

Und Colin rümpfte die Nase, hob die Augenbrauen und machte ein Gesicht, das so typisch für Lady Campbell war, daß ich mir kaum das Lachen verbeißen konnte.

Dann warf er mir einen seiner listigen Seitenblicke zu und fuhr fort: „Aber wer weiß, vielleicht kommt er diesmal doch.“

Ich zog es vor, zu schweigen. Natürlich glaubte ich keinen Moment daran, daß Alan Campbell meinetwegen auch nur einen Tag früher als geplant nach Rannoch zurückkehren würde. Und selbst wenn er zum Ball kam, was hätte es mir genützt? Daß ich verstohlen wie ein Dieb von der Galerie aus zusehen konnte, wie er mit anderen tanzte? Nein, ich mußte vernünftig sein. Alan Campbell war kein Märchenprinz und ich kein Aschenputtel.

Colin und ich bekamen unser Abendessen diesmal auf mein Zimmer serviert. Zur Feier des Tages brachte man uns ein Stück vom Festbraten, dazu Räucherlachs und als Nachtisch köstliche Zitronenspeise. Colin verdrückte soviel davon, daß ich Angst bekam, er könnte sich den Magen verderben.

Während des Essens lief er immer wieder ans Fenster, sobald

Motorengeräusch erklang, und verkündete, wer gekommen war. Ich bewunderte pflichtschuldigst Onkel Donalds riesigen alten Rolls-Royce, dem ein fast ebenso altes, aber bedeutend weniger rüstiges Paar entstieg.

„Das ist Tante Augusta", flüsterte Colin mir zu. „Die mit den Federn auf dem Kopf. Sieht sie nicht wie ein Aasgeier aus?"

Wir beugten uns aus dem Fenster und kicherten wie Verschwörer. Finn, der Kutscher, erschien mit zwei Lampen und hängte sie an den Torpfosten auf, und die Kerzen in den alten Glasgehäusen warfen zahllose Lichtpunkte über den Weg, die immer festere Form annahmen, je mehr sich die Dunkelheit über das Hochmoor und Schloß Rannoch senkte.

Schließlich rief Colin mir über die Schulter zu, die Musiker seien angekommen. Ich trat hinter ihn und sah, wie sie aus ihrem Wagen stiegen – fünf stämmige Männer mit Dudelsack, Ziehharmonikas, Banjos, Geigen und Flöten.

„Jetzt fängt's gleich an", sagte Colin andächtig. „Los, Jenny, wir schleichen zum Musikantenboden. Aber halt, ich hole noch schnell meine Taschenlampe!"

Ich legte mein Dreieckstuch um die Schultern, trat auf den Flur und wartete, bis Colin aus seinem Zimmer kam. Er faßte mich an der Hand, ging auf Zehenspitzen den Flur entlang, und ich tat es ihm unwillkürlich nach. Wir unterhielten uns nur noch im Flüsterton und erreichten den Mittelbau des Schlosses auf Schleichwegen. Schon von weitem erklang Stimmengewirr und die abgerissenen Töne der Instrumente, die gestimmt wurden.

Plötzlich bog Colin in einen langen, schmalen Gang ein. Er knipste seine Taschenlampe an und führte mich bis vor eine Tür am Ende des Korridors. Sie knarrte leise, als er sie öffnete; so, als wäre sie lange nicht benutzt worden. Ein paar Stufen, und wir standen in einem Raum, der einem großen, überdachten Balkon glich.

Die Galerie war leer bis auf ein paar alte Stühle. Zu unserer

Rechten war der Raum von einer Mauer begrenzt, zur Linken befand sich eine Brüstung aus halbhohen, kunstvoll geschnitzten Säulen. Zwischen diesen Säulen sah man tief unten im Saal die Ballgäste in Gruppen beisammenstehen. Der riesige Kristalleuchter, der sich etwa auf gleicher Höhe mit der hölzernen Brüstung des Musikantenbodens befand, glitzerte märchenhaft.

Colin schloß die Tür behutsam hinter sich und zog mich vorwärts. Wir kauerten uns hinter einem der dicken Trägerbalken auf den Boden und spähten in die Tiefe. Von unserem Logenplatz aus hatten wir einen großartigen Blick über den ganzen Saal mit seinen festlich gekleideten Menschen, dem Podium, auf dem die Musiker saßen, den spiegelverkleideten Wänden und der Tafel, die mit Speisen, Früchten und Blumengestecken überladen war.

„Toll, was?“ flüsterte Colin andächtig.

Ich nickte nur. Vor der hohen Saaltür standen Lord und Lady Campbell und begrüßten ihre Gäste. Colin hatte recht; ich hatte nie so viele alte Menschen auf einmal gesehen, doch auch nie soviel kostbaren Schmuck und edle Pelze. Eine Dame mit totenkopfähnlichem Gesicht wurde eben von zwei livrierten Dienern in den Saal geführt. Lord und Lady Campbell empfingen sie ehrerbietig, und die Diener verfrachteten die alte Dame vorsichtig auf einen Sessel. Ich beobachtete, wie sie gebieterisch mit ihrem Stock zum Tisch deutete, worauf einer der beiden Männer durch den Saal eilte, Speisen auf einen Teller häufte und sie ihr brachte.

„Das ist unser Familiendrache, Großtante Victoria“, erklärte Colin in düsterem Flüsterton. „Alle haben Angst vor ihr. Sie kann kaum noch gehen, und trotzdem läßt sie sich jedes Jahr zum Ball nach Rannoch fahren. Einmal soll sie einen ihrer Diener mit dem Stock verprügelt haben. Sie hat Geld wie Heu, und . . .“

Sein Gewisper ging in den Klängen des Dudelsacks unter. Der Pfeifer spielte eine Melodie, die meiner Meinung nach sehr viel mehr einem Kampflied als einer Tanzweise ähnelte.

Es klang schaurig-schön. Ich spürte, wie mir eine Gänsehaut über den Rücken lief, während Colin mit glänzenden Augen lauschte. Im Saal herrschte völlige Stille; nur die Klänge des Dudelsacks erfüllten klagend und bedrohlich zugleich den hohen Raum. Die Ballgäste standen in strammer Haltung da. Erst als die Melodie unvermittelt abbrach, kam wieder Leben in sie.

„War das nicht großartig?" sagte Colin und vergaß vor Begeisterung, die Stimme zu senken. „Das war der Sammelruf der Campbell-Sippe. Wir nennen ihn den ‚Cruachan'."

Viele der Gäste strömten zur Tafel und griffen nach den Tellern. Minuten später setzte die Musik wieder ein. Diesmal waren die Ziehharmonikaspieler mit einer Tanzweise an der Reihe. Ein Teil der jüngeren Ballbesucher, voran Lord und Lady Campbell, formten einen Kreis und begannen zu tanzen. Es war ein alter Rundtanz mit seltsamen Figuren und Schritten, die mir ausgesprochen schwierig vorkamen.

„Was tanzen sie da?" fragte ich.

Colin warf mir einen erstaunten Seitenblick zu. „Einen Reel natürlich, was sonst?"

Fasziniert beobachtete ich, wie sich die Paare mischten und wieder zusammenfanden, wie sie sich drehten, sich voreinander verneigten, die kompliziertesten Schrittfolgen scheinbar mühelos ausführten und sich dabei vielfach in den gläsernen Wänden spiegelten. Lady Campbell, die immer so steif auf mich gewirkt hatte, tanzte überraschend anmutig, und Sir Roderick schien ganz in seinem Element zu sein. Etwa ein Dutzend der übrigen Gäste sah den Tanzenden zu; manche standen in Gruppen beisammen und unterhielten sich, doch die meisten umringten noch immer die Tafel, häuften ihre Teller voll und kauten mit vollen Backen.

„Wie die sich wieder die Bäuche vollschlagen!" sagte Colin verächtlich.

Der Tanz schien kein Ende zu nehmen. Die Grundmelodie wiederholte sich mit kleinen Abwandlungen immer aufs neue, doch weder die Musiker noch die Tanzenden verrieten Anzeichen von Müdigkeit.

Plötzlich öffnete sich die große Flügeltür noch einmal, und ein verspäteter Gast trat ein.

Es war Alan Campbell.

Er kam in den Saal geschlendert, und ich sah, daß er als einziger von allen nicht festlich gekleidet war. Er trug Kordhosen und ein grobes Tweedjackett. Mehrere Gäste begrüßten ihn, und er wechselte ein paar Worte mit ihnen. Sir Roderick winkte ihm von der Tanzfläche aus zu, und Alan winkte zurück. Dann ging er weiter, sah sich aufmerksam um und wurde wieder von einem Herrn und zwei älteren Damen aufgehalten.

„Alan sucht nach Ihnen", wisperte Colin.

„Unsinn!" sagte ich schroff.

Die Musik verstummte, und die Tänzer verteilten sich im Saal. Colin reckte sich und erwiderte ungerührt: „Ist doch klar, daß er Sie sucht. Glauben Sie vielleicht, er ist hergekommen, um all die alten Nebelkrähen zu sehen?" Er musterte mich von der Seite. „Nein, Sie sind viel hübscher als die da unten, da können die sich noch soviel Glitzerzeug umhängen. Wenn ich Alan wäre, würde ich auch nach Ihnen suchen."

Ich merkte, daß ich rot wurde und versuchte zu lachen. „Danke, Colin. Das war ein tolles Kompliment."

„Ein Kompliment? Ich hab doch nur die Wahrheit gesagt!"

Im Saal war Alan inzwischen von mehreren Leuten umringt, darunter Lady und Lord Campbell. Sir Roderick klopfte seinem Bruder auf die Schulter; er war offensichtlich hocherfreut über sein Erscheinen. Wieder setzte die Musik ein, und ich wartete darauf, daß Alan eine der jüngeren Damen zum Tanz aufforderte. Doch er blieb an der Wand stehen, die Arme vor der Brust gekreuzt, und beobachtete, wie die Paare zur Saalmitte strömten.

Plötzlich löste sich aus einer Gruppe am anderen Ende des Raumes ein Mädchen mit rotblonden Locken. Sie ging auf Alan zu und faßte ihn am Arm. Wenige Augenblicke später mischten sich die beiden unter die Tanzenden.

Colin schüttelte den Kopf. „Typisch Sally", murmelte er.

„Kennst du das Mädchen?"

„Na klar, sie ist um sechs Ecken mit uns verwandt. Sally tut immer genau das, was ihr gerade in den Sinn kommt. Beim Reitturnier hat sie schon ein paarmal den ersten Preis gewonnen. Ich glaube, sie hat's auf Alan abgesehen."

Ich erwiderte nichts und beobachtete die Tanzpaare. Alans Partnerin war eine vorzügliche Tänzerin. Er selbst schien etwas unsicher zu sein und verwechselte mehrmals die schwierigen Schrittfolgen, worauf Sally ihn energisch an der Hand nahm und versuchte, ihn zu dirigieren.

Neben mir kicherte es. „Diese Sally! Jetzt will sie schon wieder die Zügel in die Hand nehmen. Na, da ist sie bei Alan aber an den Falschen geraten!"

Ich hatte eigentlich keine Lust mehr, zuzusehen. Plötzlich kam ich mir so überflüssig und ausgeschlossen vor wie ein Kind, das am Schlüsselloch lauscht. Doch wenn ich jetzt aufgestanden und gegangen wäre, hätte Colin vielleicht geglaubt, daß ich eifersüchtig auf jene Sally war, die ein so hübsches Kleid trug und Alan Campbells Hand hielt. Unvermittelt kam mir jener neblige Abend wieder in den Sinn, als ich mit Alan Hand in Hand durchs Moor nach Rannoch zurückgekehrt war.

Geistesabwesend kauerte ich auf dem staubigen Boden, während Colin mir im Flüsterton eine lange Geschichte erzählte, in der es um Großtante Victoria, Sally und ein Familientreffen auf Burg Lochiel ging. Ich hörte kaum hin, sah auch nicht beim Tanzen zu. Endlich merkte ich, daß die Musik verstummt war, und als ich in den Saal schaute, war Alan verschwunden.

War er mit Sally weggegangen? Nein, sie stand mit einem anderen Mann in der Nähe der Tür und lachte aus vollem Hals.

Zögernd sagte ich: „Colin, siehst du Alan irgendwo?"

Er beugte sich weiter vor, bis seine Stirn die hölzerne Säule berührte. „Nein. Er hat sich wahrscheinlich aus dem Staub gemacht, wegen Sally . . ."

Ich wandte mich ab und lauschte. War es Täuschung, oder hatte ich wirklich ein Geräusch vor der Tür zum Musikantenboden gehört? Das Stimmengewirr aus dem Saal schwoll an. Doch plötzlich sah ich, wie sich die Tür langsam öffnete . . .

Ich hätte mich am liebsten in ein Mauseloch verkrochen. Eine Männergestalt trat gebückt durch die niedrige Tür, blieb auf der obersten Treppenstufe stehen und sah sich um. Es war kein anderer als Alan Campbell.

Ich weiß nicht, was stärker war: meine Erleichterung oder meine Verlegenheit. Neben mir erklang Colins unbekümmerte Stimme: „He, Onkel Alan, hier sind wir!"

Da schlenderte Alan die Galerie entlang, blieb vor uns stehen und sah lächelnd auf uns nieder.

„Dacht ich's mir doch", sagte er.

Ich fühlte mich so tief unter ihm äußerst unbehaglich, kam mir wie ein Kind vor, das beim Naschen ertappt wird.

„Guten Abend!" murmelte ich trotzig.

Er kauerte sich neben uns auf den alten Bretterboden; dann streckte er die Hand aus, nahm meine Rechte und hielt sie für einen Augenblick mit festem Griff umschlossen.

„Ich freue mich, Sie wiederzusehen, Moorhexe."

„Jenny ist keine Moorhexe!" fuhr Colin entrüstet dazwischen.

Alan beachtete ihn nicht. Er spähte zwischen den Säulen hindurch und sagte: „Wie sich die Bilder gleichen! Vor zehn Jahren habe ich selbst noch hier oben gesessen und zugesehen. Ich dachte immer, es müßte herrlich sein, dabeisein zu dürfen. Heute finde ich es hier oben fast schöner als unten."

Colin kicherte. „Wollen wir tauschen? Du bleibst hier, und Jenny geht mit mir in den Ballsaal."

„Da hätte ich eine bessere Idee", erwiderte Alan lächelnd. „Du bleibst auf der Galerie, während Jenny mit mir zum Ball geht."

„Kommt nicht in Frage!" sagte Colin laut. „Sie bleibt natürlich bei mir."

„Wie wär's, wenn wir Jenny selbst fragen würden, was sie gern möchte?" Alan sah mich an.

Ich merkte, wie ich unter seinem Blick verlegen wurde. „Ich... Na ja, eigentlich habe ich Colin versprochen, mit ihm zuzuschauen. Und außerdem kann ich doch gar nicht zum Ball. Ich bin ja nicht eingeladen."

„Da siehst du's!" stieß Colin triumphierend hervor.

„Gar nichts sehe ich", erwiderte Alan. „Erstens ist Miß Helmer wohl schon eine ganze Weile mit dir hier oben gewesen, nehme ich an. Zweitens wird die Einladung zum Ball hiermit feierlich nachgeholt."

„Aber Lord und Lady Campbell...", begann ich erschrocken.

„Als ich in den Saal kam, fragte ich meinen Bruder nach Ihnen. Er sagte, er hätte schon daran gedacht, Sie einzuladen, aber dann wäre ihm eingefallen, daß Sie ja keinen der Gäste kennen und auch die alten Tänze nicht beherrschen. Er meinte, Sie würden sich nur langweilen. Deshalb hat er Sie nicht aufgefordert, zu kommen."

Ich sagte hastig: „Aber es stimmt ja wirklich – ich kenne niemanden, und so einen Reel könnte ich niemals tanzen."

„Bin ich vielleicht niemand?" fragte Alan lachend. „Außerdem werde ich die Musiker bestechen, damit sie zwischendurch einen Walzer spielen. Ich bin nämlich auch nicht gerade ein glänzender Reel-Tänzer, wie Sie sicher schon beobachtet haben."

Er stand auf und zog mich mit sich hoch. „Also, wie ist's damit?"

„Aber Jenny!" Colins empörter Aufschrei ging in den wieder einsetzenden Dudelsackklängen unter.

„Ich habe kein Abendkleid", sagte ich schwach.

„Sehen Sie mich an, bin ich vielleicht im Abendanzug? Rock und Bluse werden Sie doch wohl haben?"

Er hatte den Arm um meine Schultern gelegt und schob mich die Galerie entlang, ohne sich darum zu kümmern, daß wir vom Saal aus gesehen werden konnten. Colin folgte uns.

Als wir die Tür hinter uns geschlossen hatten, fügte Alan hinzu: „Wir gehen jetzt nach oben, und Sie haben zehn Minuten Zeit, um sich umzuziehen. Ich warte in Colins Zimmer, bis Sie fertig sind."

„Kommandiere Jenny nicht so herum!" fuhr ihn Colin an.

„Ja. Ich habe noch gar nicht gesagt, ob ich mitkommen will."

„Also gut, dann sagen Sie's jetzt. Wollen Sie mitkommen, Aschenputtel? Ich verspreche Ihnen auch, daß Sie genau um Mitternacht wieder verschwinden dürfen."

Ich mußte lachen. „In Ordnung, abgemacht."

Die beiden gingen in Colins Zimmer, und erst als ich vor meinem Wandschrank stand, merkte ich, wie aufgeregt ich war. Mit zitternden Händen öffnete ich die geschnitzte Tür und nahm den schwarzen Samtrock heraus, den ich zur Konfirmation bekommen hatte. Er hatte nicht mehr ganz die richtige Länge, doch um Taille und Hüften paßte er mir noch immer. Dann suchte ich hastig nach der weißen Bluse, die noch aus der Jungmädchenzeit meiner Großmutter stammte. Damals, als das Gut meiner Eltern versteigert wurde, hatte ich ein paar Sachen vom Dachboden gerettet, unter anderem diese alte Bluse, die mir schon als Kind besonders gut gefallen hatte. Sie war eng geschnitten und paßte mir wie angegossen.

Endlich fand ich die Bluse unter einer Jacke. Ich schlüpfte in den Rock und schloß die vielen kleinen Knöpfe der Bluse. Dann bürstete ich mein langes Haar, bis es glänzte, und trat vor den Spiegel am Kamin.

Die Bluse wirkte auf bezaubernde Weise altmodisch mit den Puffärmeln und dem großen, angekrausten Kragen, der meinen Hals sehr lang und zart erscheinen ließ und den gebräunten Ansatz meines Busens freigab. Das Schößchen betonte meine schmale Taille, und der Samtrock paßte recht gut dazu.

Ich tupfte ein paar Tropfen von dem indischen Nelkenöl auf meine Handgelenke, das meine Schulfreundinnen mir zum Abschied geschenkt hatten, und trat mit klopfendem Herzen auf den Flur.

Colins Tür war nur angelehnt, und ich hörte ihn in verdrossenem Ton sagen: „. . .Jenny war mit mir zusammen, und du kommst einfach so daher und holst sie weg!"

„Aber Colin, Jenny ist ein junges Mädchen! Kannst du ihr nicht auch ein bißchen Vergnügen gönnen?"

Ich wartete Colins Antwort nicht ab. Rasch klopfte ich an die Tür.

14

Ich werde nie vergessen, wie Alan Campbell mich ansah, als ich über die Schwelle trat. Es war einer jener Momente, die einem ein Leben lang im Gedächtnis bleiben. Für eine kleine Ewigkeit trafen sich unsere Blicke.

Colin brach den Bann. Er faßte mich an der Hüfte und drehte mich herum.

„Sie sehen wie Urgroßmutter Campbell im Familienalbum aus!" sagte er.

Alan lächelte mir zu. „Kein schlechter Vergleich. Und außerdem ein Kompliment. Sie war im ganzen Hochland für ihre Schönheit berühmt."

Wieder stieg diese dreimal verflixte Röte in mein Gesicht. Ich wußte nicht, was ich erwidern sollte und war froh, als Colin nach meiner Hand griff und sagte: „Ich komme mit."

„Du kommst mit?" wiederholte Alan.

Colin kicherte. „Natürlich nicht mit in den Ballsaal, aber ich werde euch vom Musikantenboden aus zusehen."

Ich merkte, daß Alan widersprechen wollte, und sagte rasch: „Na gut. Aber nur eine halbe Stunde, dann gehst du ins Bett. Versprichst du mir das?"

Colin murrte ein bißchen, doch da mischte sich Alan ein. „Du willst Jenny doch wohl keine Schwierigkeiten machen, oder?" sagte er. „Wenn jemand merkt, daß du so lange nicht in deinem Bett bist, wird man sie dafür verantwortlich machen, das weißt du doch."

Colin faßte meine Hand fester und nickte nur. Wir trennten uns dort, wo der schmale Korridor, der zum Musikantenboden führte, in die Halle einmündete. Colin schlang rasch und etwas verlegen die Arme um mich. Dann verschwand er in der Dunkelheit.

Wir stiegen schweigend die Treppe hinunter, und erst nach einer Weile sagte Alan: „Ich frage mich immer wieder, wie Sie es geschafft haben, Colins Herz so schnell zu gewinnen. Das ist bisher noch keinem gelungen." Er lächelte auf mich nieder. „Aber vielleicht können Sie eben doch hexen, wer weiß."

„Ich glaube, es gibt eine viel einfachere Erklärung dafür", erwiderte ich, ohne auf seinen leichten Ton einzugehen. „Ich habe Colin nämlich gern – ebensosehr wie er mich. Und das ist vielleicht mächtiger als jedes Zaubermittel."

Als wir uns dem Ballsaal näherten, war ich plötzlich wieder voller Angst. Alan schien es zu spüren, denn er faßte mich am Arm und sagte: „Wenn Sie sich unsicher fühlen, verstecken Sie sich einfach hinter mir. Die meisten Leute sind sowieso ausschließlich mit Tanzen und Essenfassen beschäftigt. Und wenn einer Sie unverschämt anstarrt, gebe ich ihm eins auf die Nase."

Trotz meiner Aufregung mußte ich lachen. Alan öffnete die Saaltür. Laute Musik schlug uns entgegen, und das Parkett bebte unter den Füßen der Tänzer. Die Kerzen des Kristalleuchters flackerten wild, und ein Mann im Schottenrock stand auf dem Podium und sang aus vollem Hals.

„Na, der gute McDonald ist ja mal wieder in Hochform", sagte Alan und schloß die Tür hinter sich.

„Und du hast dir natürlich mal wieder das hübscheste Mädchen geschnappt", erwiderte eine fremde Stimme.

Ich sah an Alan vorbei und bemerkte einen kräftig gebauten jungen Mann mit Raffzähnen, der mich mit unverhohlener Neugier musterte. „Hab Sie nie zuvor gesehen", sagte er lässig. „Wo hat dieser Glückspilz Sie so plötzlich aufgetrieben?"

„Miß Helmer ist Colins Erzieherin", erklärte Alan kühl. „Jenny, das ist Ross Campbell, einer meiner zahlreichen Vettern. Sie werden bald merken, daß ich mehr davon habe, als einem lieb sein kann."

„Also hör mal, Alan, du bist aber heute nicht sehr höflich!" protestierte sein Cousin.

„Nicht höflich, aber ehrlich. Je älter ich werde, um so ehrlicher werde ich auch, lieber Junge."

Ross warf ihm einen komisch-entrüsteten Blick zu und wandte sich dann wieder an mich. „Darf ich Ihnen etwas zu trinken besorgen, Miß Helmer? Ein Gläschen Champagner vielleicht?"

Noch ehe ich antworten konnte, sagte Alan: „Vielen Dank, aber darum kümmere ich mich schon. Wenn du uns einen Gefallen tun willst, geh zur Kapelle und sieh zu, daß demnächst ein englischer Walzer gespielt wird. Bei diesem volkstümlichen Gehopse können wir nicht mithalten."

Sein Vetter entfernte sich widerwillig. „Sehr freundlich sind Sie ja nicht mit ihm umgegangen", sagte ich. „Was hat er Ihnen denn getan?"

„Wenn man nicht aufpaßt, wird man ihn überhaupt nicht mehr los", behauptete Alan düster. „Vor allem nicht, wenn ein Mädchen in der Nähe ist, das ihm gefällt. Wenn Sie seinen Spitznamen hören, wissen Sie Bescheid. Er wird allgemein nur ‚die Klette von Strathdiddle' genannt."

„Die Klette von was?" fragte ich lachend.

„Von Strathdiddle. Das ist der Ort, aus dem seine Familie stammt." Alan winkte einem der Diener, die eigens für das Fest eingestellt worden waren, nahm zwei Gläser Champagner vom Tablett und gab mir eines. „Kommen Sie jetzt, wir mischen uns unters Volk, sonst haben wir Ross gleich wieder auf dem Hals."

Ich merkte plötzlich, daß ich großen Durst hatte, trank einen kräftigen Schluck und spürte sofort, wie mir der Alkohol zu Kopf stieg. Alan führte mich zu einer zierlichen Sitzgruppe unter einem der Fenster, und wir ließen uns nieder und sahen eine Weile beim Tanzen zu. Plötzlich tauchte Sir Roderick auf. Er balancierte einen vollbeladenen Teller vor sich her und nahm stöhnend neben uns Platz.

„Fein, daß mein kleiner Bruder Sie geholt hat, Miß Helmer", sagte er, stellte seinenTeller vorsichtig auf den Knien ab und lockerte seine Krawatte. Sein Gesicht war dunkelrot. „Aber ein langweiliger Patron ist er, das muß ich Ihnen leider sagen. Während andere Leute tanzen, bis ihnen die Zunge aus dem Hals hängt, sitzt er hier auf seidenen Kissen und macht sich über die Hopserei lustig."

„Jeder nach seinem Geschmack", erwiderte Alan. „Aber paß lieber auf, sonst tropft die Pastete auf deine Staatshose."

Sir Roderick griff hastig nach dem Teller. „Wenn du nicht mit Miß Helmer tanzt, werden's andere tun", prophezeite er.

„Malen Sie den Teufel bitte nicht an die Wand", sagte ich. „Ich kann doch keine schottischen Volkstänze!"

Alan straffte die Schultern. „Wer sagt dir überhaupt, daß ich nicht tanze, Roddy? Wart's doch mal ab!"

Er hatte kaum ausgesprochen, als die Kapelle einen langsamen Walzer zu spielen begann. Sir Roderick beobachtete mit offenem

Mund, wie sein Bruder aufstand, sich mit gespielter Förmlichkeit vor mir verbeugte und mich auf die Tanzfläche führte.

Mit Alan zu tanzen war leichter, als ich geglaubt hatte. Nachdem ich die erste Unsicherheit überwunden hatte, entspannte ich mich und fand es schön, von ihm im Arm gehalten zu werden. Eine Weile tanzten wir schweigend; dann sagte er: „Bedauern Sie es, daß Sie mitgekommen sind?"

Ich schüttelte den Kopf und wollte etwas erwidern, doch da kam uns ein anderes Paar in die Quere, und eine lachende Stimme sagte: „Na, Alan Campbell, ich hätte nie von dir gedacht, daß du auch einmal freiwillig das Tanzbein schwingen würdest!"

„Das Leben ist voller Überraschungen, Sally", erwiderte er trocken.

Ich sah mich um. Jene Sally, die ich vom Musikantenboden aus beobachtet hatte, tanzte dicht neben uns mit einem älteren Herrn und musterte mich interessiert. Sie hatte eine freche Stupsnase und unzählige Sommersprossen.

„Wie haben Sie ihn nur dazu gebracht?" fragte sie mich.

Ich wußte nicht recht, was ich antworten sollte, doch Alan sprang für mich ein. „Sie hat mich verhext", sagte er ernsthaft.

Wir lachten, und Sally stimmte ein, obwohl sie den Scherz offenbar nicht so recht verstand.

„Das Rezept müssen Sie mir verraten!" rief sie noch. Dann wurden wir wieder getrennt.

„Sally ist ein feiner Kerl. Wenn sie nur nicht so furchtbar betriebsam und tüchtig wäre", sagte Alan seufzend.

„Sie tanzt sehr gut."

„O ja, sie ist ein phantastischer Sportsmann – Sportsfrau, sollte ich wohl sagen. Sie kann ausgezeichnet reiten, angeln, klettern, Golf spielen und Skifahren. Sally ist so furchtbar perfekt, daß ich mir jedesmal wie eine lahme Ente vorkomme, sobald ich sie nur von weitem sehe."

Während er noch sprach, leiteten die Musiker plötzlich von der

Walzermelodie zu einem schottischen Volkstanz über. Und ehe wir uns von unserer Überraschung erholt hatten, wurden wir an den Händen gefaßt und in einen großen Kreis gezogen.

Erschrocken sah ich zu Alan auf. Er schnitt eine Grimasse und flüsterte: „Das war Sabotage! Dieser verdammte Ross wollte mir einen Streich spielen. Er muß die Kapelle veranlaßt haben, den Walzer nicht zu Ende zu spielen und statt dessen gleich mit einem Reel weiterzumachen. Aber sehen Sie mich nicht so ängstlich an, es wird schon gehen!"

Es war zu spät, um noch aus dem Kreis auszubrechen. Wir tanzten rundherum; dann wurde ich von Alan getrennt, und ein fremder Mann hakte mich unter und schwenkte mich herum, gab mich an den nächsten Tänzer weiter, dieser wieder an einen anderen, bis ich schließlich erneut bei Alan landete, verwirrt und völlig außer Atem.

„Es scheint Ihnen ja Spaß zu machen", sagte er. „Nein, jetzt geht's linksherum – so!" Und er drehte mich im Kreis, nahm mich um die Mitte, hob mich mühelos hoch, stellte mich wieder auf die Füße, und weiter ging die lachende, wirbelnde, stampfende Runde, bis ich erhitzt und atemlos war und ganz vergaß, mich zu fragen, ob ich auch die richtigen Figuren und Schritte machte. Ich tanzte mit Sir Roderick, sah, wie Lady Campbell mir gnädig zunickte, begegnete Sallys prüfendem Blick. Und als ich einmal den Kopf hob und zur Galerie aufsah, war mir, als würde zwischen den Holzsäulen eine kleine Hand sichtbar, die mir verstohlen zuwinkte.

Als der Tanz sich dem Ende näherte, war ich durch einen erneuten Partnerwechsel ausgerechnet bei Ross Campbell gelandet, Alans Vetter. Er redete wie ein Wasserfall, aber da ich so sehr auf die Schritte achten mußte, hörte ich ihm kaum zu. Seine dick aufgetragenen Komplimente beeindruckten mich wenig. Er schien mir genau der Typ Mann zu sein, der jedem einigermaßen hübschen Mädchen ganz automatisch Schmeicheleien sagt.

Ich war froh, daß Alan sofort zur Stelle war, als die Musik verklang. Ross hatte mich gerade am Arm genommen, um mit mir „eine Erfrischung zu nehmen", wie er sagte, als Alan vor uns auftauchte.

„Nicht so eilig, mein lieber Ross", sagte er. „Denk nicht, daß du dich einfach mit Miß Helmer davonschleichen kannst. Übrigens habe ich mit dir noch ein Hühnchen zu rupfen, und wenn du nicht aufpaßt, wird bald ein ausgewachsener Geier daraus."

„Aber Alan", sagte sein Vetter mit unschuldiger Miene, „was soll ich denn getan haben?"

„Das weißt du ganz genau."

„Also hör auf, dich wie ein alberner Ritter zu benehmen, der die Jungfrau vor dem Drachen rettet", sagte Ross in beleidigtem Ton.

Ich mischte mich hastig ein. „Ich habe schrecklichen Durst vom Tanzen. Wie wär's, wenn wir uns etwas zu trinken holen würden?"

Alan und Ross Campbell versöhnten sich über einem Glas Whisky, und Ross begann sofort wieder aufzuschneiden. Er beteuerte, ich hätte den Reel für eine Anfängerin geradezu fabelhaft getanzt. „Sie sind ein Naturtalent", versicherte er. „Wissen Sie ganz genau, daß Sie keine schottischen Vorfahren haben?"

„Unsinn", sagte ich nüchtern. „Ich habe mich nur einfach hin und her schieben lassen und aufgepaßt, was die anderen machten."

Ross tat den Mund auf, um zu protestieren, und Alan zwinkerte mir zu. In diesem Augenblick tauchte Sally neben uns auf, nahm sich ein Glas, hob es und sagte feierlich: „Laßt mich ein Hoch auf Alan Campbell ausbringen, der die unerhörte Tapferkeit besaß, sich freiwillig auf die Tanzfläche zu wagen. Das ist ein einmaliges Ereignis auf Schloß Rannoch!"

„Ihr geht mir auf die Nerven", sagte Alan.

Sally erwiderte: „Aber Alan, du bist doch sonst nicht so humorlos. Und auch nicht so unhöflich. Willst du uns nicht vorstellen?"

„Sally Campbell – Jenny Helmer", sagte er mürrisch. „Und jetzt kommen Sie, Jenny, ich habe genug von meiner Verwandtschaft."

„Dann muß ich dir leider eine traurige Mitteilung machen", erwiderte Sally spöttisch. „Großtante Victoria fuchtelt schon dauernd mit ihrem Stock herum, um deine Aufmerksamkeit zu erregen. Ich glaube, sie hat gerade einen ihrer Diener nach dir ausgeschickt."

„Großer Gott!" sagte Alan.

Tatsächlich erschien gleich darauf einer der beiden Diener und bat Alan, zu Lady MacDuff zu kommen. Ich blieb bei Sally und Ross zurück, und wir beobachteten, wie Alan sich mit schicksalsergebenem Blick auf den Weg zu der alten Dame machte.

„Das hat sie schon so gemacht, als wir noch Kinder waren", berichtete Sally kichernd. „Wir wurden einzeln zu ihr gerufen und ‚examiniert'. Damals hatte ich fürchterliche Angst vor ihr. Ich kann mir vorstellen, was sie ihn jetzt fragen wird: ob er auch fleißig studiert und sich benimmt, wie es einem Campbell gebührt; ob er sonntags regelmäßig zur Kirche geht, und wer Sie sind."

„Du meine Güte", sagte ich.

„Ich hoffe nur, Alan legt sich nicht mit ihr an. Sie hat nämlich ein beträchtliches Vermögen und besitzt eines der ältesten und düstersten Gemäuer von Schottland; nur Erben hat sie keinen. Und ich glaube, sie mag Alan ganz gern. Wenn er ein bißchen klüger wäre, könnte er . . ."

Ross unterbrach sie. „Heiliger Strohsack, jetzt läßt sie auch noch einen von uns holen!" Seine Stimme klang so entsetzt, daß ich mir das Lachen nicht verbeißen konnte. Meine Heiterkeit legte sich allerdings rasch, als der Diener sich vor mir verbeugte und sagte: „Miß Helmer? Lady MacDuff möchte Sie kennenlernen."

Ich bekam vor Schreck ganz weiche Knie. Ross nahm mir mitfühlend das Sektglas ab, und ich folgte dem Diener durch den Saal wie ein Opferlamm, das zur Schlachtbank geführt wird. Doch da stand Alan neben dem Sessel der alten Dame und zwinkerte mir verstohlen zu.

Das totenkopfähnliche Gesicht Lady Victorias verriet nichts von dem, was in ihr vorging. Sie deutete mit einer herrischen Bewegung auf einen Stuhl zu ihrer Linken und sagte: „Setzen Sie sich, Miß Helmer. Nein, nicht so. Alan, schiebe den Stuhl vor, damit ich sie besser sehen kann. Nein, nach links, nicht nach rechts, du Dummkopf!"

Sie hatte eine barsche Stimme, doch ich entdeckte plötzlich, daß ihre Augen erstaunlich lebendig waren und denen von Alan glichen. Da ich nicht wußte, was ich sagen sollte, verbeugte ich mich nur etwas linkisch und nahm auf dem Stuhl Platz.

„Wie ich höre, sind Sie Colins Gouvernante", fuhr sie schließlich fort. „Etwas jung für einen so verantwortungsvollen Posten, aber offenbar kommen Sie gut mit dem Jungen zurecht."

Plötzlich beugte sie sich vor, streckte die Hand aus und hob mit ihren eiskalten Fingerspitzen mein Kinn. Ich erschrak so, daß ich zusammenzuckte.

„Machen Sie nicht so entsetzte Augen, ich fresse Sie schon nicht auf! Und du, Alan, geh zu deinem schwachköpfigen Bruder und sage ihm, er soll mir das Familienalbum holen lassen, und zwar sofort!"

Sie sah Alan einen Augenblick nach, wie er sich unter die Ballgäste mischte, die neugierig zu uns herüberstarrten. Dann wandte sie sich wieder an mich. „Sie müssen wissen, daß Sie mich sehr an die jüngste Schwester meiner Mutter erinnern, die hier auf Rannoch gelebt hat. Ja, Sie sehen ihr wirklich verblüffend ähnlich, mein Kind. Muriel war eine bemerkenswerte Frau. In meiner Halle hängt ein großes Porträt von ihr. Sie müssen mich einmal besuchen und es sich ansehen, dann werden Sie verstehen, was ich meine."

Ich murmelte, daß es sehr liebenswürdig von ihr sei, mich einzuladen, und sie drohte mir mit dem knochigen Zeigefinger und erwiderte: „Sie denken wohl, ich hätte das nur so dahingesagt? Merken Sie sich eines, mein Kind: Victoria MacDuff sagt nichts, was sie nicht auch meint. Und wenn ich Sie eingeladen habe, zu mir nach

Burg Lochiel zu kommen, dann heißt das, daß Sie auch kommen werden. Sie können Colin mitbringen; ich habe den Jungen lange nicht mehr gesehen. Ich werde Roderick Nachricht geben, wann er Sie zu mir bringen soll."

Sie war ungeheuer herrisch, und ich hatte in ihrer Gegenwart das Gefühl, um hundert Jahre zurückversetzt zu sein – in eine fremde Welt, in der noch die alten Adelsgeschlechter über ihre Untertanen herrschten. Doch trotz ihres Hochmuts war etwas an ihr, was ich mochte. Ihre Augen verrieten, daß sie im tiefsten Innern eine gerechte und gütige alte Frau war, der man vertrauen konnte.

Alan kam zurück, und sein Blick ging prüfend zwischen mir und Lady Victoria hin und her. Die alte Dame merkte es und sagte trocken: „Ich habe Miß Helmer nicht gebissen. Im Gegenteil, wir verstehen uns ausgezeichnet – nicht wahr, mein Kind? Sie hat mir versprochen, mich auf Lochiel zu besuchen."

Die Verblüffung in Alans Gesicht war komisch anzusehen. Ich verzog jedoch keine Miene, sondern nickte nur, und Alan murmelte: „Oh, tatsächlich?"

„Ja", sagte sie. „Tatsächlich. Und jetzt setz dich hier zwischen uns und mach kein so dummes Gesicht. Wo bleibt nur dein Bruder mit dem Album?" Sie klopfte ungeduldig mit ihrem Stock auf den Boden, und schon kam Sir Roderick mit fliegenden Rockschößen herbeigeeilt. Er keuchte unter der Last eines großen, dicken Buches.

„Hier ist es, Tante Victoria", stieß er atemlos hervor. „Suchst du etwas Bestimmtes?"

„Natürlich, du Esel. Denkst du vielleicht, ich wäre zu deinem Ball gekommen, um das Familienalbum durchzublättern? Diese junge Dame hier, die du als Gouvernante für deinen Colin eingestellt hast, sieht deiner Großmutter zum Verwechseln ähnlich. Ich frage mich wirklich, wo du deine Augen hast – ihr alle, meine ich –, daß ihr es nicht längst bemerkt habt."

„Colin hat es bemerkt", mischte sich Alan ein.

Lady Victoria hörte nicht zu. Sie beschimpfte Sir Roderick mit kräftigen Ausdrücken, weil er das Album so ungeschickt auf ihren Schoß legte. „Du weißt nicht, was es bedeutet, Gicht zu haben, sonst hättest du mir diesen Koloß nicht so auf die Knie plumpsen lassen, Tölpel!“ herrschte sie ihn an, und an dem Ausdruck auf ihrem Gesicht merkte ich, daß sie wirklich Schmerzen hatte. Nach einigem Hin und Her hielten ihre beiden Diener das Album für sie, so daß das Gewicht nicht mehr auf ihren Beinen ruhte. Sie war zufrieden und begann darin zu blättern, wobei sie allerlei Namen und Daten vor sich hinmurmelte.

„Hier ist sie!“ sagte sie plötzlich laut. „Nein, weg mit deinem Kopf, Roderick, du kennst das Foto ja längst. Ich will es Miß Helmer zeigen. Sehen Sie her, mein Kind. Als diese Aufnahme gemacht wurde, muß Muriel ungefähr in Ihrem Alter gewesen sein. Sie hatte damals einen ganzen Schwarm von Verehrern; sogar ein Stewart aus königlicher Familie war darunter. Aber einen Campbell hat sie genommen, und es ist eine recht glückliche Ehe geworden.“

Ich sah auf die Fotografie nieder. Ein junges Mädchen im weißen Kleid saß auf einem steifen Sofa, umgeben von Plüschgardinen und Palmen. Ihr dichtes goldbraunes Haar war hochgesteckt. Sie hatte ein sehr schmales Gesicht mit auffallend großen, etwas traurigen Augen. Ich merkte, was Lady Victoria meinte; es bestand wirklich eine gewisse Ähnlichkeit zwischen Muriel Campbell und mir. Doch *sie* war schön gewesen, während *ich* nur einigermaßen hübsch war.

Alan hatte sich gleichfalls vorgebeugt und sagte: „Wirklich – die gleichen Augen, derselbe Gesichtsschnitt.“

Lady Victoria nickte. „Und seht euch die Nase an!“

Alle starrten auf meine Nase. Mir wurde unbehaglich, und ich wußte nicht, wohin ich schauen sollte. Glücklicherweise setzte in diesem Moment wieder die Musik ein. Die alte Dame wies gebieterisch mit ihrem Stock aufs Parkett und befahl: „Los, jetzt wird getanzt! Nein, ich meine die beiden jungen Leute. Du bleibst hier,

Roderick, ich muß noch etwas mit dir besprechen."

Sie tätschelte meine Hand, sagte zu Alan, er solle es in Zukunft ja nicht mehr wagen, ohne Krawatte zu erscheinen, und dann waren wir entlassen.

Wir beteiligten uns noch an zwei Rundtänzen, und ich hüpfte mit, so gut es eben ging. Colin hatte die Galerie inzwischen offenbar verlassen, denn ich sah hinter den Holzsäulen keine Bewegung mehr.

Um Mitternacht wurde ein Trinkspruch auf die Gastgeber ausgebracht, und ich wurde inmitten des Gelächters und der Zurufe plötzlich unruhig. Colin war ganz allein in dem entlegensten Teil des Schlosses. Vielleicht schlief er längst; doch es war auch möglich, daß er sich fürchtete.

„Um Mitternacht wollte ich gehen", sagte ich zu Alan. „Das war so abgemacht."

Er sah mich prüfend an. „Ich dachte, es macht Ihnen Spaß hier."

„O ja, schon, aber ..."

Alan lächelte. „Es ist ziemlich anstrengend, nicht? Vielleicht haben Sie recht. Ich bringe Sie nach oben und verschwinde dann auch in mein Bett."

„Sie gehen nicht mehr in den Ballsaal zurück?"

„Nein – ich glaube, es reicht wieder für ein Jahr. Ich bin ja auch nur hergekommen, weil ..." Er stockte und vollendete den Satz nicht, und ich fragte ihn nicht, was er eigentlich sagen wollte. Statt dessen fuhr er rasch fort: „Tante Victoria scheint Sie gern zu haben. Sie ist ein reizbarer alter Drachen und der Schrecken der ganzen Verwandtschaft. Aber irgendwie hat sie das Herz auf dem rechten Fleck. Hat sie Sie wirklich eingeladen?"

Wir waren unbemerkt aus dem Saal verschwunden, und Alan schloß die Tür sacht hinter sich. „Ja, das hat sie", sagte ich. „Zusammen mit Colin."

„Na, das ist eine gewaltige Ehre. Wenn Sie nicht aufpassen, wird sie Sie noch als Gesellschafterin engagieren. Aber seien Sie vorsichtig, Tante Victoria wechselt ihre Gesellschafterinnen wie ihre Hüte."

Wir stiegen die Haupttreppe hinauf, und ich erwiderte: „Ich glaube kaum, daß sie mir so einen Vorschlag machen würde; dazu bin ich viel zu jung. Außerdem will ich nicht von Colin weggehen."

Alan sah lächelnd auf mich nieder. „Das hoffe ich auch. Natürlich müssen Sie auf Rannoch bleiben, und zwar nicht nur für ein paar Monate, wie Ihr Vormund ursprünglich meinte."

„Das würde ich gern tun", sagte ich. „Aber es hängt nicht von mir allein ab."

„Mein Bruder ist jedenfalls ganz begeistert von Ihren Erfolgen bei Colin, und meine Schwägerin spricht auch recht huldvoll von Ihnen." Das Wort „huldvoll" kam mit deutlich spöttischem Unterton. Unsere Blicke kreuzten sich, und ich begriff, daß er von Lady Campbell die gleiche Meinung hatte wie ich.

Wir waren auf dem Korridor angelangt, der zu meinem und Colins Zimmer führte, und legten das letzte Stück auf Zehenspitzen zurück. Als wir an Colins Tür kamen, blieb ich stehen, legte das Ohr an den Türrahmen und lauschte. Alles war still.

„Er schläft sicher längst", flüsterte mir Alan zu.

„Hoffentlich", sagte ich und gab ihm die Hand. „Gute Nacht, Mr. Campbell."

„Bitte nennen Sie mich Alan. Ich sage ja auch Jenny zu Ihnen. Es kommt mir so albern vor – ich bin schließlich nur ein paar Jahre älter als Sie."

„Also gut, Alan. Und vielen Dank."

„Ich danke Ihnen." Erst jetzt ließ er meine Hand los, beugte sich vor, und für einen flüchtigen Augenblick lag ich in seinen Armen, spürte seine Wange an der meinen.

Es war ein seltsames, verwirrendes Gefühl, wie ich es nie zuvor gekannt hatte. Doch ehe ich richtig zur Besinnung kam, ließ Alan mich los, wandte sich ab und verschwand rasch in der Dunkelheit.

Leise öffnete ich die Tür zu meinem Zimmer, schloß sie von innen und blieb einige Zeit stehen, ohne das Licht anzuschalten. Ich machte die Augen zu und versuchte mir noch einmal vorzustellen, wie es war, in Alans Arm zu liegen. Es war ein Abend gewesen, den ich nie vergessen würde, und Alan hatte sich während des ganzen Balles nur um mich gekümmert.

Hatte ich mich in Alan Campbell verliebt?

15

Ich schaltete das Licht ein und war von der plötzlichen Helligkeit sekundenlang wie geblendet. Dann aber sah ich etwas am Fußende des Bettes liegen, was mich sehr plötzlich in die Wirklichkeit zurückbrachte.

Es war einer von Colins Pantoffeln.

Eisiger Schrecken erfaßte mich. Ich wußte unwillkürlich, daß dieser Pantoffel etwas Schlimmes zu bedeuten hatte, daß er vielleicht sogar eine Art Notsignal war.

Zitternd holte ich Atem und ging zum Bett. Es war unberührt bis auf eine kleine Mulde am Rand. Mit ein paar raschen Schritten war ich an der Tür, öffnete sie, trat auf den Flur und ging in Colins Zimmer.

Alles war dunkel und still bis auf das schwere Ticken der Wanduhr. Während ich nach dem Lichtschalter tastete, flüsterte ich Colins Namen.

Es kam keine Antwort. Als das Licht brannte, wußte ich auch den Grund: Colins Bett war leer.

Wie betäubt lehnte ich mich gegen den Türrahmen. Was sollte ich tun? War es möglich, daß Colin noch auf der Galerie saß und den Ballgästen zusah? Oder war er vielleicht dort eingeschlafen?

Doch dann fiel mir der Pantoffel wieder ein. Hatte er schon in meinem Zimmer gelegen, als ich mich für den Ball umzog? Ich wußte es nicht mehr.

In fliegender Hast kehrte ich in mein Zimmer zurück, griff nach den Streichhölzern, zündete die Kerze an und eilte den Korridor entlang. Mein Schatten kroch wie ein verzerrtes Ungetüm über die Wände. Was sollte ich nur tun, wenn ich Colin nicht auf der Galerie fand? Lord und Lady Campbell benachrichtigen? Doch da quälte mich wieder die alte Sorge, Colin damit zu schaden. Ich dachte an den kleinen Wolf, die Kinderfrau Agnes, an Lady Campbells Meinung über Colins „krankhafte Phantasie". Das alles ging mir wie ein Mühlrad im Kopf herum, während ich auf Umwegen durchs Schloß eilte und die erleuchteten Gänge und Treppen mied, um niemandem zu begegnen.

Die Tür zum Musikantenboden war geschlossen. Wie vor Stunden knarzte sie leise, als ich die Klinke niederdrückte. Die Galerie lag im Widerschein des Lichtes vom Kristalleuchter. Gebückt huschte ich an der Balustrade entlang und drückte mich mit klopfendem Herzen in den Schatten der Mauer.

Colin war nicht da.

Mir wurde vor Angst fast übel. Ich schloß die Augen. Stimmengewirr, Gelächter und Musik umbrausten mich wie ein Meer, das über mir zusammenzuschlagen drohte. Ich zwang mich, die Augen wieder zu öffnen. Der Kerzenleuchter zitterte in meiner Hand. Dort, wo wir vor Stunden gesessen hatten, glänzte der Boden, der sonst von einer dicken Staubschicht überzogen war. Das alles bemerkte ich wie in einer Art Betäubung. Ich mußte weiter, doch wohin? Mußte nach Colin suchen, aber wo? Schloß Rannoch war sehr weitläufig; ich kannte bisher nur einen Teil der vielen Räume, Gänge und Treppentürme.

Ich verließ die Galerie und trat wieder auf den schmalen dunklen Korridor. In meiner Hilflosigkeit war mir plötzlich, als rückten die

Wände immer näher zusammen, als kämen sie von beiden Seiten auf mich zu, um mich zu erdrücken.

Ich versuchte mich zur Ruhe zu zwingen und einen Entschluß zu fassen. Vermutlich war es falsch, Colins Eltern nicht sofort zu verständigen, doch ich mußte erst einmal alleine versuchen, ihn zu finden. Ich setzte mir eine Frist von einer Stunde. Wenn ich ihn innerhalb dieser Zeit nicht gefunden hatte, mußte ich Hilfe holen.

Doch wo sollte ich anfangen? Unwillkürlich fiel mir das Schulzimmer ein. Vielleicht hatte Colin dort Zuflucht gesucht. Erst jetzt begann ich zu überlegen, was vorgefallen sein mochte. War jene Frau wieder erschienen, von der er so oft sprach? Ich hatte sie ja selbst gesehen – oder war es nur Einbildung gewesen?

Ich zweifelte nicht mehr daran, daß Colin vor etwas geflohen war. Zuerst mußte er in mein Zimmer gegangen sein, um Schutz zu suchen, doch offenbar hatte er sich auch dort nicht sicher gefühlt. Er hatte meine Hilfe gebraucht, und ich war nicht dagewesen.

Diese Vorstellung trieb mich nur noch schneller vorwärts. Ich erreichte den Treppenturm, der sich wie ein schwarzer Schlund vor mir auftat. Der Widerschein der Kerzenflamme huschte über die uralten grauen Steinstufen und die tief in die Mauer eingelassenen Fensterluken, die leeren Augenhöhlen glichen. Meine eigenen Schritte flößten mir Angst ein; es war ein Schleichen, Huschen und Tappen, das sich hundertfach an den Wänden brach, als wäre mir eine ganze Armee von Schattengestalten auf den Fersen.

Ich zwang mich, nicht zurückzublicken, und atmete auf, als ich durch die spitzbogige Öffnung trat und den Gang erreichte, der zum Schulzimmer führte. Am Ende des Korridors befand sich ein hohes Fenster, durch das ein Mondstrahl fiel, der eine schmale Bahn auf die Steinfliesen zeichnete.

Das Schulzimmer wirkte fremd und feindlich. Das Mondlicht brach sich im Wandspiegel gegenüber der Tür. Der Raum war leer, doch plötzlich sah ich den Umriß eines bleichen Gesichts in dem blitzenden Glas und zuckte zurück. Erst Sekunden später wurde mir klar, daß ich über mein eigenes Spiegelbild erschrocken war.

Ich konnte mich nicht dazu überwinden, wieder durch den Treppenturm zu gehen, sondern bog nach links ab. Meine Kerze war schon ziemlich heruntergebrannt; trotzdem wagte ich es nicht, Licht anzumachen, als ich am Treppenabsatz anlangte.

Aus der Tiefe des Schlosses kamen die verzerrten Klänge des Dudelsacks. Ich tastete nach dem Treppengeländer, hob den Leuchter und begann die Stufen hinunterzusteigen.

Plötzlich wurde mir klar, daß dies die Treppe war, die „Ladys Fall" genannt wurde, weil eine der Frauen der Campbells hier vor langer Zeit gestürzt war und sich das Genick gebrochen hatte – jene Lady Jane, die angeblich noch heute durchs Schloß geisterte.

Ein Schauder überlief mich, als ich die Mitte der Treppe erreichte. Natürlich war das alles Unsinn; es war dumm und gefährlich, solche Schauergeschichten ernst zu nehmen.

Die Klänge des Dudelsacks waren verstummt. Statt dessen glaubte ich plötzlich etwas anderes zu hören: das Geräusch schwerer, unterdrückter Atemzüge.

Ich blieb stehen und lauschte. Mein Herz hämmerte, und ich hörte mich mit fremder Stimme flüstern: „Colin?"

Plötzlich flackerte die Kerze wild. Etwas bewegte sich rechts von mir, und ich sah im trüben Lichtschein, wie sich eine Hand aus der Nische im Mauerwerk löste – so blitzschnell, daß ich wie gelähmt war und weder fliehen noch zurückweichen konnte.

Ich bekam einen Stoß gegen die Schulter und verlor das Gleichgewicht. Der Kerzenhalter fiel mir aus der Hand, und ich stürzte die Stufen hinunter. Dann spürte ich einen betäubenden Aufprall, und alles um mich her versank in Schwärze und Finsternis.

Ich träumte, ich wäre tot. Doch dann rief eine Stimme meinen Namen, und ich kämpfte mit aller Macht, um mich aus der Betäubung, die mich umfangen hielt, zu befreien. Die Stimme, zuerst leise und fern, wurde immer lauter und verzweifelter, und jemand schüttelte mich.

„Jenny! Jenny, bitte, Sie dürfen nicht tot sein!“

Ich schlug die Augen auf, doch die Dunkelheit um mich her wich nicht. Jemand hatte die Hände um mein Gesicht gelegt, und ich spürte warmen Atem auf meiner Stirn.

„Jenny! Jenny, bitte!“

Es war Colin. Ich flüsterte: „Hab keine Angst, mir geht es gut. Ich . . . ich sehe nur nichts.“

Er stieß einen trockenen Laut aus, der halb Schluchzen, halb Lachen war. „Ach, Sie sind nicht tot! Alles ist gut! Natürlich sehen Sie nichts, es brennt ja kein Licht.“

Einen Augenblick lag ich da, während er mein Gesicht streichelte, als müßte er sich vergewissern, daß ich bei ihm war und lebte. Mein Hinterkopf fühlte sich an, als hätte jemand glühende Nägel hineingetrieben, und mein ganzer Körper schmerzte.

„Was ist passiert?“ fragte ich schwach.

„Sie müssen die Treppe hinuntergefallen sein. Ich hörte es poltern und bin aus der Kleiderkammer gelaufen, in der ich mich versteckt hatte.“

Nun wußte ich es wieder. Ich lag auf der Treppe, die „Ladys Fall“ hieß, und genau wie in der Geschichte von Lady Jane hatte jemand mich von der Nische aus in die Tiefe gestoßen. Es klang phantastisch, unglaublich – doch ich wußte, daß es sich so und nicht anders verhielt.

Ich griff nach Colins Hand und lauschte. Lauerte jene Gestalt noch immer dort oben in der Nische? Doch nein; wer auch immer dort gestanden hatte, war sicher längst verschwunden. In der Halle war es totenstill. Ich hörte nichts als Colins hastige Atemzüge.

Mühsam versuchte ich mich aufzurichten, und Colin stützte mich. Nun vermochte ich die Umrisse seines Gesichtes zu unterscheiden, konnte erkennen, daß ich auf dem letzten Drittel der Treppe gelandet war, und daß ich mit der linken Schulter dicht am Geländer lag. Das Schnitzwerk mußte meinen Sturz aufgehalten haben.

Als ich den Oberkörper aufrichtete, schien sich alles um mich her zu drehen: Colin, die Treppe, die Finsternis der Halle. Ich klammerte mich an einer der Holzstreben fest, als müßte ich in einem Strudel versinken.

„Geh und mach das Licht an, Colin", bat ich.

Er ließ meinen Arm los, und ich hörte, wie er über die Stufen huschte und sich an der Mauer entlangtastete. Eine Diele knarrte laut; es klang wie ein Kanonenschuß.

Plötzlich war die Halle von Licht überflutet. Für einen Moment schloß ich die Augen vor der schmerzhaften Helligkeit. Dann sah ich nach oben. Die Nische in der Mauer war leer. Auf der unteren Hälfte der Treppe lag der Kerzenhalter, ein paar Stufen tiefer der weiße Kerzenstumpf.

Dann war Colin wieder bei mir. Ich biß die Zähne zusammen, stand auf und lehnte mich gegen das Geländer. Colin sah mich entsetzt an. „Jenny, Sie haben sich verletzt! Sie bluten über dem linken Auge!"

Ich hob die Hand und zuckte zusammen, als ich meine Braue berührte. Meine Fingerspitzen waren voller Blut. Ich starrte darauf nieder. „Es ist wohl nur eine Platzwunde", murmelte ich und versuchte zu lächeln. „Komm jetzt, wir gehen nach oben!"

Langsam, Stufe für Stufe, stiegen wir die Treppe hinauf. Ich wußte nicht, was schlimmer schmerzte, mein Kopf oder mein Rücken. Colin hob die Kerze und den Halter auf. Als wir die Nische erreicht hatten, sah er mich von der Seite an und sagte: „Daß Sie ausgerechnet hier gestürzt sind ..."

Ich hatte bereits beschlossen, ihm nichts von der Hand zu erzählen, die mir einen Stoß versetzt hatte. Es hätte seine Angst nur verschlimmert. So erwiderte ich nur: „Ich bin ausgeglitten. Meine

Kerze war schon so heruntergebrannt, daß ich die Stufen kaum mehr sehen konnte."

Noch immer beobachtete er mich, und ich wußte nicht, ob er mir glaubte. Nach einer Weile begann er stockend zu erzählen: „Ich hatte mich hinter der Tür zur Kleiderkammer versteckt. Plötzlich hörte ich leise Schritte, aber ich ging nicht hinaus, weil ich dachte ..." Colin schluckte heftig. „Ich wußte ja nicht, wer es war. Doch dann hörte ich Ihre Stimme. Sie flüsterten meinen Namen, und ich wollte gerade aus meinem Versteck kommen, da gab es ein schreckliches Gepolter. Als ich zur Treppe kam, lagen Sie da." Er begann wieder zu zittern. „Ich dachte, Sie wären tot wie ... wie Lady Jane."

„Man muß schon sehr ungeschickt fallen, um sich auf einer solchen Treppe das Genick zu brechen", erwiderte ich nüchtern. „Aber vor wem hast du dich versteckt? Warum bist du nachts durchs Schloß gelaufen, Colin? Komm, mein Junge, du mußt schnellstens ins Bett!"

Er trug nur einen dünnen Schlafanzug und hatte inzwischen wohl auch den zweiten Pantoffel verloren, denn er war barfuß. Leise sagte er: „Sie ... sie war wieder da."

Diesmal fragte ich nicht, wen er meinte. Ich bemühte mich nur, etwas schneller zu gehen, denn Colins Zähne schlugen vor Kälte und Erschöpfung aufeinander.

„Und deshalb bist du in mein Zimmer gelaufen?"

Er nickte. „Ja, aber Sie waren noch nicht da. Ich wollte mich in Ihrem Bett verstecken, aber ..."

„Ja?" fragte ich sanft. „Aber?"

Erst jetzt merkte ich, wie furchtbar blaß er war und wie riesengroß seine dunklen Augen in dem schmalen Gesicht standen. Er schien nach Worten zu ringen; dann fuhr er im Flüsterton fort: „Sie ... sie ist mir nachgekommen! Auf einmal stand sie in Ihrem Zimmer! Sie muß einfach durch die Wand gegangen sein!"

Ich schwieg und dachte an jene Nacht, als die unheimliche Gestalt plötzlich in meinem Zimmer aufgetaucht und dann auf unerklärliche Weise wieder verschwunden war.

Colin klammerte sich an meine Hand und stammelte: „Sie glauben mir doch, Jenny? Bitte, Jenny, Sie glauben mir doch?“

Seine verzerrten Züge verrieten mir, wie ungeheuer wichtig es für ihn war, daß ihm endlich jemand glaubte, daß er nicht länger mit dieser Angst alleine war. Sanft erwiderte ich den Druck seiner Hand. „Ja, Colin, ich glaube dir.“

Minuten später, als er endlich fest eingepackt in meinem Bett lag, erzählte er mir den Rest der Geschichte. Er war vor der „weißen Lady“, wie er die Erscheinung nannte, aus meinem Zimmer geflüchtet, doch sie war ihm durch den Gang gefolgt. Colin hatte nicht gewagt, sich umzusehen, hörte aber ihre Schritte hinter sich. Da war er gelaufen und gelaufen und hatte sich schließlich in der Kleiderkammer versteckt.

Die Fortsetzung kannte ich selbst, doch ich erwähnte Colin gegenüber nichts davon. Wer auch immer sich hinter jener Gestalt verbergen mochte, sie hatte Colin bis zur Treppe verfolgt, ihn dann wohl aus den Augen verloren und in der Nische auf seine Rückkehr gewartet. Doch nicht Colin war gekommen, sondern ich . . .

Endlich schlief Colin ein. Sein Gesicht zuckte noch lange im Schlaf, seine Augen lagen tief in den Höhlen. Ich hatte Feuer im Kamin gemacht; das Prasseln und Knacken der Holzscheite beruhigte mich langsam. Ich klebte ein Pflaster über die Wunde an der Augenbraue, löschte das Licht, wickelte mich in eine Decke und legte mich leise neben Colin aufs Bett. Es gab so viele Fragen, doch mein Kopf schmerzte so sehr, daß ich nicht mehr denken konnte.

Nur eines wurde mir klar, während ich da neben Colin lag und zur Zimmerdecke starrte, über die der Widerschein der Flammen zuckte: Etwas mußte geschehen.

16

Als ich am nächsten Morgen erwachte, erschien mir einen Herzschlag lang alles nur wie ein böser Traum. Doch dann fiel mein Blick auf Colin, der neben mir lag, das Gesicht halb unter der Decke verborgen. Und ich begriff, daß ich der Wahrheit ins Auge sehen mußte.

Mein Kopf schmerzte noch immer, und ich hatte Schwierigkeiten, die linke Schulter zu bewegen. Durch die Fenster sickerte graues Morgenlicht; im offenen Kamin schwelte noch ein Häufchen Glut.

Ich wußte, daß ich einen Entschluß fassen mußte. Noch immer weigerte ich mich, an Spuk zu glauben. Mein Verstand sagte mir, daß jene Gestalt, die Colin und mir nachstellte, ein Mensch aus Fleisch und Blut war, der eine bestimmte Absicht verfolgte.

Eine bestimmte Absicht – aber welche? Colin zu ängstigen? Mich zu vertreiben? Doch wer sollte Colin ängstigen und mich vertreiben wollen? Ohne Zweifel war es jemand, der uns übelwollte. Das stand für mich fest; doch es brachte mich nicht weiter. Es war schwer zu glauben, daß ein Mensch in diesem Schloß so böse und grausam sein konnte.

Wie mochten Lord und Lady Campbell oder Alan reagieren, wenn ich zu ihnen ging und die ganze Geschichte erzählte? Würden sie mir glauben? Mir war nur zu klar, wie phantastisch das alles klingen mußte. Vermutlich dachten sie nur, daß Colin mich mit seiner Einbildungskraft angesteckt hatte, und kamen vielleicht sogar zu dem Ergebnis, daß ich nicht die richtige Gesellschaft für ihn war, weil ich ihn nur in seinen Hirngespinsten bestärkte. Nein, so ging es nicht.

Es gab nur eine Lösung: Ich mußte selbst versuchen, hinter den

Spuk zu kommen, und zwar schnell. Die Sache begann gefährlich zu werden – der Zwischenfall auf der Treppe war eine unmißverständliche Warnung gewesen.

Ich hob die Hand, um mir das Haar aus der Stirn zu streichen, berührte durch Zufall meine linke Augenbraue und stöhnte unwillkürlich. Colin zuckte zusammen, hob den Kopf und öffnete schlaftrunken die Augen.

„Was . . . was ist los?" murmelte er.

„Ich wollte dich nicht aufwecken. Die Platzwunde tut nur so scheußlich weh."

Er stützte sich auf die Ellbogen und starrte mich an. „Aber Jenny, die eine Hälfte Ihrer Stirn ist ja ganz blau! Was haben Sie gemacht? Und weshalb bin ich hier?" Plötzlich schien es ihm wieder einzufallen, und er ließ sich in die Kissen zurücksinken. „Oh – die weiße Lady war da! Und Sie sind die Treppe hinuntergefallen . . ."

Ich nickte. „Colin, was tun wir nur? Glaubst du, wir sollten deinem Vater erzählen, was heute nacht passiert ist?"

Er schüttelte sofort heftig den Kopf. „Er würde es doch nicht glauben und uns höchstens beide für verrückt halten."

Ich schwieg einen Augenblick. „Und die Wunde an meiner Stirn? Wie soll ich die erklären?"

„Sie sagen einfach, Sie wären heute morgen die Treppe hinuntergefallen. Das stimmt ja auch teilweise. Daß es nachts passiert ist, braucht ja keiner zu wissen." Er drängte sich schaudernd an mich. „Jenny, ich habe solche Angst! Sie wird wiederkommen, ich weiß es genau – so lange, bis ich es nicht mehr aushalten kann!"

Ich nahm ihn in die Arme und versuchte mit möglichst fester Stimme zu sagen: „Das wird sie nicht, Colin. Dieser Spuk kann nicht ewig dauern, und du bist nicht allein. Ich bin ja bei dir. Alles wird wieder gut."

Dabei sah ich auf sein schmales, blasses Gesicht nieder und dachte: Lieber Gott, was soll ich machen? Es muß etwas geschehen.

Ich muß etwas tun. Er darf nicht länger unter diesem Druck leben!

Ja, es lag an mir, Colin zu helfen. Doch während ich ihn im Arm hielt, fühlte ich mich selbst wie ein hilfloses, bedrohtes Kind.

Zum Glück war Mary in solcher Eile, als sie mein Frühstück servierte, daß sie sich keine Zeit nahm, mich anzusehen. Ich hatte meine Stirn dick mit Puder bestäubt, doch die Haut um das Pflaster schillerte nach wie vor bläulich. Im kleinen Salon versuchte ich mich so an den Tisch zu setzen, daß das Licht auf meine rechte Gesichtshälfte fiel, während Mary aufgeregt mit dem Geschirr klapperte.

„Sie sind alle im Speisesaal und futtern, als hätten sie drei Wochen gefastet", berichtete sie. „Ich weiß schon nicht mehr, wo mir der Kopf steht!"

„Sind viele Gäste über Nacht hiergeblieben?" fragte ich und schenkte mir Tee ein.

„Ungefähr zwanzig, und das reicht. Kommt Colin nicht zum Frühstück?"

„Er sagte, er hätte keinen Hunger, und ist gleich in den Stall gegangen."

„Der ist pferdenärrisch, dieser Junge. Na, lassen Sie sich's gut schmecken, Miß." Mary hastete aus dem kleinen Salon und schloß die Tür mit einem heftigen Knall hinter sich.

Ich trat ans Fenster und sah hinaus. Vor dem Stalltor stand Colin und sprach mit Finn. Der alte Kutscher striegelte gerade eines seiner Zugpferde. Wer konnte einem wehrlosen Kind wie Colin etwas Böses antun wollen? Ihn derart in Angst zu versetzen und nachts durchs Schloß zu jagen, war grausamer als jede Prügelstrafe. Eine Welle von Zorn stieg in mir hoch. Ich lehnte die Stirn gegen die kühle Scheibe und fragte mich wie schon so oft, was ich tun sollte.

Die Tür öffnete sich, ohne daß ich es bemerkte. Plötzlich stand jemand hinter mir und sagte: „Was gibt es da so Interessantes zu sehen?"

Es war Alan. Gerade ihm wäre ich an diesem Morgen am liebsten aus dem Weg gegangen, denn ich fürchtete seine scharfen Augen, seinen wachen Verstand. Er trat neben mich, und ich wich unwillkürlich ein Stück zur Seite.

„Oh, Verzeihung", sagte er förmlich. „Bin ich Ihnen zu nahe gerückt?"

Ich erwiderte hastig: „Nein, nein. Es ist nur ... Ich war in Gedanken und bin ein bißchen erschrocken."

Er sah mich aufmerksam an, und ich versuchte seinem Blick auszuweichen, indem ich an den Tisch zurückkehrte und mich setzte. „Mein Tee wird kalt", plapperte ich, nur um das unbehagliche Schweigen zu brechen.

Alan blieb noch eine Weile am Fenster stehen. Dann kam auch er an den Tisch und nahm mir gegenüber Platz. Ich beugte mich tief über die Tasse, so daß mein Haar nach vorne fiel und die linke Stirnhälfte verdeckte. Doch ich wußte, daß er es früher oder später doch bemerken würde.

„Jenny, sind Sie mir böse?" fragte er plötzlich.

„O nein, warum sollte ich Ihnen böse sein?" Ich war so überrascht, daß ich unwillkürlich den Kopf hob – und da sah er es.

„Du liebe Güte, was haben Sie mit Ihrer Stirn gemacht?"

„Ich bin die Treppe hinuntergefallen", sagte ich trotzig.

„Die Treppe hinuntergefallen?" wiederholte er. „Ja, wann denn nur?"

„Heute morgen."

Alan stand wieder auf und kam um den Tisch herum. „Lassen Sie sich anschauen. Das sieht ja böse aus. Sie haben bestimmt eine Gehirnerschütterung! Ich bringe Sie gleich zum Arzt."

Ich wandte den Kopf ab. „Nein, so schlimm ist es nicht. Bitte machen Sie nicht soviel Wirbel darum. Ich bin an blaue Flecken gewöhnt. Sie können sich nicht vorstellen, wie oft ich als Kind vom Pferd gefallen bin."

In seinem Gesicht war ein mißtrauischer Zug, der mir Unbehagen verursachte. „Wie konnte das nur passieren?“ fragte er.

„Ach, ich habe nicht aufgepaßt und bin ausgerutscht. Wahrscheinlich hätte ich eben einfach langsamer gehen sollen.“

„Aha“, erwiderte er gedehnt. Ich hob die Tasse, um einen Schluck Tee zu trinken, und sah, daß meine Hand zitterte. Alan schien es ebenfalls zu bemerken, denn er sagte: „Jenny, was ist los? Mit Ihnen stimmt doch etwas nicht. Sie verheimlichen mir etwas.“

„Was sollte ich Ihnen denn verheimlichen?“ Ich stellte die Tasse klirrend auf den Unterteller. „Sie haben doch gehört, ich bin die Treppe hinuntergefallen, das ist alles.“

Er setzte sich neben mich. „Nein, das glaube ich Ihnen nicht. Ich merke doch, daß Sie etwas bedrückt. Aber Sie haben wohl kein Vertrauen zu mir.“

Ich gab keine Antwort.

Nach einer Weile begann er von neuem: „Warum mißtrauen Sie mir? Ich dachte, wir wären Freunde. Ich dachte ...“ Er vollendete den Satz nicht.

Ich preßte die Lippen aufeinander. Das Ziehen und Klopfen in meinem Kopf wurde wieder schlimmer. „Ja“, sagte ich leise, „Sie haben recht. Es gibt etwas, was mich bedrückt. Aber ich kann es Ihnen nicht sagen – jedenfalls jetzt noch nicht.“

„Und warum nicht?“ Ich sah an seinen Augen, daß er verletzt war, und wandte den Blick rasch ab.

„Weil Sie mir nicht glauben würden.“

„Woher wissen Sie das so genau?“

Seufzend stand ich auf. „Ich weiß es eben. Bitte lassen Sie mich jetzt. Sie machen alles nur noch schwieriger.“

Er folgte mir quer durch den Raum, und als ich die Tür erreichte, spürte ich seine Hand auf meinem Arm. „Also gut. Aber versprechen Sie mir eines. – Jenny, sehen Sie mich an! – Versprechen Sie, daß Sie zu mir kommen werden, wenn Sie Hilfe brauchen.“

Ich sah zu ihm auf, und plötzlich wich etwas von meiner Angst und Verzweiflung. Ich war nicht allein. Es gab einen Menschen, zu dem ich kommen konnte, wenn ich nicht mehr weiterwußte.

„Ja", sagte ich. „Das verspreche ich."

Er lächelte mir zu, und ich öffnete die Tür. Ein paar Schritte von uns entfernt auf dem Flur stand die altes Agnes, ein Bündel Wäsche im Arm.

Sie grüßte Alan ehrerbietig, doch mich schien sie zu übersehen. Ich war froh darüber, denn es verursachte mir jedesmal einen fast körperlichen Widerwillen, ihrem feindseligen Blick zu begegnen.

Während Agnes in einem Seitengang verschwand, fragte Alan: „Sie kommen doch heute zum Fest nach Kinloch Rannoch?"

„Ja, nach der Kirche. Lady Campbell wünscht, daß ich heute mit Colin zum Gottesdienst fahre." Ich bemühte mich, einen alltäglichen Ton anzuschlagen, um die frühere Unbefangenheit zwischen uns wiederherzustellen, und Alan ging darauf ein.

„Hoffentlich beten Sie auch für einen armen Sünder wie mich", sagte er noch. „Wir sehen uns dann beim Fest."

Wir trennten uns, und ich fragte mich, wie wir einander in dem Trubel finden sollten, der auf einer solchen Veranstaltung herrschen mochte. Doch ich hätte wissen müssen, daß Alan Campbell nichts dem Zufall überließ.

Colin hatte natürlich bei der Stallarbeit mitgeholfen, und ich mußte ihn ermahnen, sich rasch für den Kirchgang umzuziehen. Dann unterhielt ich mich noch eine Weile mit Finn, der die Kutsche schon zur Abfahrt bereithielt.

„An Ihrer Stelle würde ich einen Regenumhang mitnehmen, Miß", sagte er.

Ich sah zum Himmel. Ein frischer Wind blies, und die Wolken zogen rasch über das Schloß auf die ferne Bergkette zu, wo sie sich zu einer purpurnen Decke verdichteten. Doch ich konnte keine Anzeichen von Regen erkennen.

„Bei den Hochland-Festspielen regnet es meistens“, belehrte mich der Alte. „Das gehört dazu wie das Salz zur Suppe.“

Gehorsam lief ich durch die Hintertür ins Schloß zurück. Auf der Treppe begegnete mir Colin. Er sah in seinem blauen Anzug erschreckend ordentlich aus und hatte seine Haare mit Wasser glattgekämmt. Ich wußte, daß er einen ständigen und erbitterten Kampf mit seinen Locken führte, die er für ausgesprochen unmännlich hielt.

Das Pferd stampfte schon ungeduldig in der Deichsel, als ich mit meinem Umhang zurückkehrte. Colin saß neben Finn auf dem Kutschbock und hielt die Peitsche in der Hand. Während ich aufs Trittbrett stieg, sah ich zufällig zur Rückfront des Schlosses auf. Da war mir, als bewegte sich hinter einem der Fenster ein Vorhang.

„Kommen Agnes und Wolf heute nicht mit zur Kirche?“ fragte Colin.

„Soviel ich weiß, fahren sie mit der gnädigen Frau in den Ort“, brummte Finn. „Ich kann jetzt jedenfalls nicht länger warten.“ Und wir fuhren mit lautem Peitschengeknall los – um den rechten Flügel des Schlosses herum, über den Hof und durch das schmiedeeiserne Tor.

Während der Fahrt über die steil abfallenden Bergpfade unterhielten sich Colin und der alte Kutscher miteinander, und ich war froh, daß ich hinter ihnen auf der Bank sitzen und meinen Gedanken nachhängen konnte. So vieles ging mir durch den Sinn: das Gespräch mit Alan im kleinen Salon, der Ball am vergangenen Abend – war es wirklich erst gestern gewesen? – und vor allem die Ereignisse der letzten Nacht.

Ich versuchte mir einen Plan zurechtzulegen, um dem Spuk ein Ende zu bereiten. Doch so sehr ich mir auch den Kopf zermarterte, ich fand keine Lösung. Jene Erscheinung war viel größer und kräftiger gewesen als ich. Selbst wenn es mir gelang, während der kommenden Nächte wachzubleiben und den Eindringling zu stellen, wie sollte ich mich gegen ihn zur Wehr setzen? Es konnte gefährlich sein, jemandem in die Quere zu kommen, der zu allem entschlossen schien.

Während wir an den dunklen Fichtenwäldern vorüberfuhren und auf die Straße nach Kinloch Rannoch einbogen, kam mir plötzlich der Gedanke, daß es vielleicht ein Verrückter war, der auf dem Schloß sein Unwesen trieb, und ich schauderte.

Der See glänzte wie ein riesiges, tiefblaues Auge, und die Kirchenglocken läuteten. Auf der Hauptstraße mußten wir anhalten, denn überall waren Verkaufsstände aufgestellt, so daß kein Fahrzeug mehr passieren konnte. Finn ließ die Kutsche und das Pferd auf einer Wiese hinter den Häusern zurück und steuerte zielbewußt auf das Gasthaus zu, während Colin und ich zur Kirche gingen.

Wir waren unter den letzten, die durch das Portal traten, und nahmen in der Kirchenbank der Campbells Platz. Colin war während des ganzen Gottesdienstes zerstreut und nervös. Er scharrte mit den Füßen und drehte den Kopf in alle Richtungen. Auch ich achtete weder auf die Gebete noch auf die Predigt. Während ich untätig dasaß, die Hände im Schoß gefaltet, und die Schnitzereien der hohen Lehne sich schmerzhaft in meinen Rücken bohrten, wuchsen meine Ängste zu einem schier unüberwindlichen Berg an.

Ich war wie erlöst, als endlich der Schlußchoral gesungen wurde und die Kirchengemeinde wieder zum Ausgang strömte.

Colin drängte als einer der ersten ins Freie und zog mich hinter sich her. Der Himmel hatte sich inzwischen stärker bewölkt, doch das Licht über dem See und den Hügeln war so klar und strahlend, wie ich es nur in Schottland kannte.

Die Klänge der Orgel dröhnten durch das offene Portal. Plötzlich schob sich eine hochgewachsene Gestalt durch die Menge, und Colin sagte: „He, Alan! Hast du auf uns gewartet?“

Alan antwortete nicht, doch ich merkte, wie er mich musterte. Gemeinsam gingen wir zur Seite, und er fragte: „Ist Ihnen nicht gut, Jenny? Sie sind so blaß.“

„Ich glaube, ich vertrage den Weihrauch nicht", murmelte ich.

Colin schob uns ungeduldig vorwärts. „Kommt, wir müssen zum Festplatz! Der Dudelsackwettbewerb fängt gleich an."

Auf der Hauptstraße herrschte ein unglaubliches Gedränge. Die Bauern, Schäfer und Touristen waren aus allen Richtungen herbeigeströmt. Eis, Würstchen, Getränke und Andenken wurden verkauft. Und während Colin ein Eis aß, bestand Alan darauf, daß ich das sogenannte „Atholl brose" versuchte, eine Mischung aus Whisky, Hafermehl, Heidehonig und Sahne, die köstlich schmeckte.

Als wir am Gasthaus vorüberkamen, tauchte Torf-Ians gerötetes Gesicht in der Menge auf. Er rief uns einen Gruß zu und schwenkte seinen Hut. Rechts unterhielten sich drei Schäfer lautstark über die diesjährigen Wollpreise, und links pries ein Ausrufer mit schriller Stimme seine Töpfe und Pfannen an.

„Geben Sie mir Ihre Hand", sagte Alan, „sonst verlieren wir Sie noch."

Der Druck auf meinem Herzen löste sich, als ich den festen, warmen Griff seiner Hand spürte. Von Ferne erklangen die ersten wehmütigen Töne eines Dudelsacks, und als wir die Festwiese am Ortsende erreichten, war der Wettbewerb bereits in vollem Gange.

Wir kauerten uns auf einem Abhang nieder, von dem man eine gute Sicht über das hölzerne Podium und Loch Rannoch hatte. Ich merkte bald, daß dieser erste Teil der Hochland-Festspiele eigentlich nur für Einheimische reizvoll war. Ein Dudelsackpfeifer nach dem anderen betrat die Plattform, und jeder spielte das gleiche Stück. Etwas erhöht saßen die Preisrichter auf einfachen Bänken und machten sich Notizen über jede falsche Note.

„Nicht sehr aufregend, wie?" flüsterte Alan mir zu. „Zumindest nicht für Uneingeweihte. Aber warten Sie nur, die Tanzwettbewerbe und das Hammerschleudern werden Ihnen bestimmt Spaß machen."

Ich nickte. Um mich abzulenken, musterte ich die Leute, die immer zahlreicher auf den Festplatz strömten. Eine Menge Touristen waren darunter; sie unterschieden sich deutlich von den helläugigen Hochländern mit den wetterharten, markanten Gesichtern.

Während der letzte Dudelsackspieler in Schottenrock und karierter Mütze auf das Podium trat und das gleiche Stück spielte, das schon elf Pfeifer vor ihm gespielt hatten, sah ich, wie sich die alte Agnes über den Hügel näherte. Sie hielt Wolf an der einen Hand und raffte mit der anderen ihren altmodischen schwarzen Rock. Ein dunkler Wollschal bedeckte ihr Haar.

Mir wurde plötzlich klar, daß sie eine sehr stattliche Frau war – hochgewachsen und breitschultrig, mit einem Gesicht, das in ihrer Jugend von herber Schönheit gewesen sein mußte. Unwillkürlich kam mir der Vergleich mit der bösen Fee im Märchen in den Sinn. Dann aber beobachtete ich, wie sie sich über Wolf beugte und ihm zärtlich das Haar aus der Stirn strich, und meine Abneigung gegen sie erschien mir mit einem Mal ungerecht.

Unvermittelt hob der kleine Wolf den Kopf, und sein Blick blieb auf uns haften. Ich sah, wie er die Hand ausstreckte und hörte, wie er etwas rief.

„Agnes und Wolf – sie kommen hierher“, murmelte Colin neben mir.

Wolf lief über die Anhöhe auf uns zu und stürzte sich wie ein übermütiger junger Hund auf seinen Bruder. Agnes folgte ihm langsamer. Sie sah mich nicht an und wechselte nur ein paar Worte mit Alan. Dann breitete sie ein Stück tiefer eine Decke auf dem Gras aus und ließ sich darauf nieder.

„Komm zu mir, Wölfchen“, sagte sie über die Schulter.

Der Kleine hörte nicht auf sie. Er balgte sich weiter mit Colin, bis dieser ihm einen Stoß versetzte und zischte: „Laß mich in Ruhe, du elender Wicht!“

Wolf stieß sofort ein durchdringendes Geheul aus, das sogar das Schrillen des Dudelsacks übertönte. Agnes stand wieder auf, nahm ihn in die Arme und maß Colin mit finsterem Blick. Dann trug sie

Wolf auf die Decke und wiegte ihn hin und her, bis er sich wieder beruhigt hatte.

„Wolf ist das verwöhnteste kleine Ungeheuer, das mir je begegnet ist", flüsterte Alan mir zu und schnitt eine Grimasse.

Ich nickte geistesabwesend. Irgend etwas hatte plötzlich meine Aufmerksamkeit erregt, eine Saite in meinem Innern schwach zum Erklingen gebracht. Doch der Eindruck war so flüchtig gewesen, daß ich nicht ergründen konnte, was es war.

Inzwischen war der letzte Dudelsackspieler unter lautem Beifall vom Podium abgetreten, und die Preisrichter zogen sich zur Beratung zurück. Eine Gruppe von Männern und Frauen in schottischer Tracht löste sich aus der Menge und stieg auf die Plattform.

Wie aus weiter Ferne hörte ich die Ziehharmonikamelodie, sah die Paare unter mir tanzen. Der See glitzerte, und die Berge waren in sanftes Licht getaucht. Der Wind strich über die Hügel und trug uns den Geruch von Heidekraut, Pferden, Bratwürsten und Torffeuer zu.

Die Musik verstummte, und von allen Seiten wurde geklatscht, gepfiffen und gejauchzt. Ich begegnete Alans Blick, klatschte mechanisch in die Hände und beobachtete, wie der kleine Wolf einen Purzelbaum schlug und den Abhang hinunterrollte. Seine Kinderfrau sprang auf, folgte ihm und holte ihn zurück, obwohl er sich heftig wehrte.

Das Dreieckstuch war Agnes beim Laufen auf die Schultern geglitten, und eine Strähne ihres grauen Haares hatte sich aus dem Nackenknoten gelöst. Ich konnte den Blick nicht von ihrem kräftigen, geraden Rücken und ihrer Hand abwenden, mit der sie Wolf an der Schulter festhielt, während die Musikanten eine neue Tanzweise anstimmten.

Plötzlich brach die Sonne wieder zwischen den Wolken hervor. Sie lag mit blendendem Glanz auf dem See, den Hügeln und der

Menschenmenge – und auf der Hand der alten Kinderfrau.

Wie gebannt sah ich auf diese Hand. Ich hielt den Atem an. Eine kleine Ewigkeit schien zu verstreichen, während ich auf Agnes' knochige Finger starrte.

Sie trug einen breiten Goldring – einen Ring mit rotem Stein, in dem sich funkelnd das Sonnenlicht brach.

Die Erkenntnis traf mich wie ein Blitz. Der Ring war des Rätsels Lösung.

17

Die restlichen Wettbewerbe dieses Tages erlebte ich wie in einer Betäubung. Um mich her wurde getanzt und gesungen, gelacht und geklatscht. Beim Hammerschleudern gab es ein großes Hallo, doch ich sah alles nur wie durch einen Schleier. Die Sieger wurden geehrt, Lord Campbell hielt eine Rede, die zwölf Dudelsackpfeifer spielten die schöne Melodie: „Mein Herz ist im Hochland", und die Töne hallten klagend und wehmütig über die purpurfarbenen Hügel und den See.

Die alte Kinderfrau war längst verschwunden, um Wolf zu Lady Campbell zu bringen.

Doch ich sah noch immer ihren breiten, geraden Rücken vor mir – und den Ring mit dem roten Stein, in dem sich glitzernd das Sonnenlicht brach.

Am Spätnachmittag endete der erste Festtag. Die Menschen strömten auf die Hauptstraße zurück, wo die Händler mit ihren Erfrischungen und Waren warteten. Lord Campbell hatte sich noch eine Weile mit den Schiedsrichtern unterhalten und kam dann mit zufriedenem Lächeln auf uns zu.

„Alles hat wunderbar geklappt – und es hat nicht einmal einen einzigen Tropfen geregnet!“ Er rieb sich die Hände. „Hat es Ihnen Spaß gemacht, Miß Helmer?“

„O ja“, sagte ich und vermied es, Alan anzusehen.

Sir Roderick wandte sich an Colin. „Hättest du Lust, noch etwas mit mir herumzulaufen, mein Junge? Wir könnten uns gemeinsam den Magen verderben und ein paar unnütze Sachen kaufen. Miß Helmer und Alan kommen sicher auch eine Weile ohne dich aus.“ Er zwinkerte uns zu, und Colin strahlte.

„Nimmst du deinen Sprößling später auch mit nach Hause?“ fragte Alan.

Lord Campbell nickte. Wir sahen Vater und Sohn nach, wie sie Arm in Arm den Hügel hinunterstapften und in der Menschenmenge untertauchten, die dem Ort zuströmte.

„Ich glaube nicht, daß er ahnt, welchen Gefallen er mir getan hat“, sagte Alan nach kurzem Schweigen. „Ich wollte schon seit Stunden ungestört mit Ihnen reden. – Was ist nur passiert, Jenny?“

„Kommen Sie“, murmelte ich. „Lassen Sie uns von hier weggehen – irgendwohin, wo keine Leute sind.“

Er legte wie selbstverständlich den Arm um meine Schulter und führte mich zu einem Seitenpfad am Ortsrand, wo sein Wagen, ein alter Morris, geparkt war.

„Ich kenne eine kleine Kneipe ein paar Kilometer von hier“, sagte er. „Dort sind wir heute bestimmt ungestört. Haben Sie Lust, hinzufahren?“

Ich nickte nur, und wir stiegen ein. Die Polster rochen angenehm nach Tabak, Hunden und Pferden. Ich lehnte den Kopf zurück und versuchte mich zu entspannen. Während Alan startete, warf er mir einen Seitenblick zu. „Ja, ruhen Sie sich nur aus. Wir haben viel Zeit.“

Wir fuhren am Ufer des Loch Rannoch entlang. Die Wolken am Horizont hatten eine rosige Färbung angenommen, und ein Teil des Wassers schimmerte rot wie Blut. Auf den Hängen, die zum

See abfielen, standen uralte Fichten mit langen Moosbärten, und der Waldboden war ein Dschungel aus lichtgrünem, wild wucherndem Farn. Ich hatte das Gefühl, durch ein Märchenland zu fahren – ein Land, in dem wunderbare und schreckliche Dinge geschehen konnten.

„Alan", sagte ich nach einer Weile, „wie gut kennen Sie Agnes?"

Überrascht sah er auf. „Agnes? Oh, Sie meinen die Kinderfrau? Nun, nicht besonders gut. Meine Schwägerin hat sie von zu Hause nachkommen lassen, als Wolf geboren wurde. Das heißt, daß Agnes nun seit vier Jahren auf Rannoch ist. Ich habe nie mehr als ein paar Worte mit ihr gesprochen. Warum fragen Sie?"

Ich erwiderte zögernd: „Glauben Sie, daß sie fähig wäre, etwas ... etwas Böses zu tun?"

„Etwas Böses?" Erstaunen malte sich auf seinem Gesicht. „Das ist eine seltsame Frage, Jenny. Ich dachte im Gegenteil, sie wäre zu nachgiebig und gutmütig. Man braucht sie ja nur zu beobachten, wie sie Wolf verwöhnt!"

„Wolf, ja." Ich nickte. „Aber das ist es ja gerade. Ich fürchte, sie hängt derart an dem Kleinen, daß sie so ziemlich alles für ihn tun würde."

„Sie hat einen Narren an ihm gefressen, das stimmt. Aber worauf wollen Sie nur hinaus?"

„Auf Rannoch gehen seltsame Dinge vor", sagte ich leise. „Dinge, von denen kaum einer etwas ahnt. Anfangs war nur Colin davon betroffen, doch niemand hat ihm geglaubt."

Ich stockte, denn Alan hatte gebremst. Erst jetzt sah ich das alte, strohgedeckte Haus am Straßenrand. Über der Tür hing ein Schild mit der Aufschrift „The Old Inn" an rostigen Ketten.

Alan wandte mir das Gesicht zu und starrte mich an. „Colin?" wiederholte er. „Soll das heißen, daß Sie seine Hirngespinste über die ‚weiße Lady' und ähnliches Zeug ernst nehmen?"

„O ja, ich nehme es ernst – sehr ernst sogar. Aber hören Sie mich bitte erst an, ehe Sie die ganze Sache als Hirngespinst abtun, Alan. Es ist genau das, was ich befürchtet habe und weshalb ich zögerte, mit Ihnen zu sprechen."

Er musterte mich einen Augenblick und lächelte dann plötzlich. „Na, jetzt haben Sie's mir aber gegeben. Und ich kann nicht behaupten, daß ich es nicht verdient hätte. Kommen Sie, lassen Sie uns ins ‚Old Inn' gehen. Ich glaube, Sie können eine Tasse starken, heißen Kaffee vertragen."

In der Gaststube herrschte Dämmerlicht. Der Raum war leer, und erst nachdem Alan an die Theke ging und eine Glocke schwenkte, kam ein beleibter Mann durch eine Tür und sah uns erstaunt an.

„Na, so was, Mr. Campbell!" sagte er. „Sind Sie denn nicht auf dem Fest?"

„Nicht mehr, wie Sie sehen. Wenn Sie sich von Ihrer Überraschung erholt haben, könnten Sie der jungen Dame vielleicht einen starken Kaffee bringen? Und ich hätte gern ein Bier."

Der Wirt schmunzelte und verschwand, und wir nahmen neben einem der winzigen Fenster Platz. Irgendwo hinter dem Haus blökten Schafe; sonst war es sehr still. Eine Weile saßen wir uns schweigend gegenüber, bis Alan leise fragte: „Haben Sie es sich anders überlegt?"

„O nein. Ich weiß nur nicht recht, wo ich anfangen soll." Ich stützte den Kopf in die Hände und wartete, während der Wirt den dampfenden Kaffee vor mich hinstellte. Alans Bier war ohne Schaum und schwarz wie Tinte.

„Am besten erzähle ich wohl der Reihe nach", sagte ich, als wir wieder allein waren. „Eigentlich begann es schon in meiner ersten Nacht auf Rannoch. Colin kam zu mir, und ich merkte, daß er sich vor der alten Kinderfrau fürchtete. Dann kam jene Nacht, als ich ihn auf dem Flur vor meinem Zimmer fand. Sie waren ja dabei, als ich mit Lord und Lady Campbell darüber sprach. Damals schrieb ich noch alles seiner überreizten Phantasie zu." Ich trank einen Schluck von dem heißen, bitteren Kaffee. „Eigentlich habe ich mich bis zuletzt geweigert, an die Geschichte von der spukenden Lady zu glauben – selbst dann noch, als ich sie selbst sah."

„Sie haben sie selbst gesehen?" warf Alan ein, und ich sah den Zweifel deutlich in seinem Gesicht.

„Ja. Eines Nachts stand sie in meinem Zimmer. Ich weiß bis heute nicht, wie sie dorthin kam und wie sie wieder verschwand. Ich sah den Umriß einer Gestalt in weißem Umhang, wie Colin sie mir beschrieben hatte – allerdings ziemlich verschwommen. Das einzige, was ich einen Augenblick lang ganz deutlich im Mondlicht erkennen konnte, war eine Hand mit einem Ring." Ich stockte, und ein Schauder überlief mich. „Und diesen Ring habe ich heute wieder gesehen – bei hellem Tageslicht und an der Hand eines Menschen aus Fleisch und Blut."

Alan starrte mich an. „Agnes?"

Statt einer Antwort sagte ich: „Die Geschichte ist noch nicht zu Ende. Vergangene Nacht, nach dem Ball, merkte ich, daß Colin nicht in seinem Zimmer war. Ich machte mich auf die Suche nach ihm. Als ich ihn nicht auf der Galerie fand, wußte ich, daß er vor etwas geflohen sein mußte."

„Warum haben Sie nicht mich oder meinen Bruder zu Hilfe geholt?" warf Alan ein.

„Colin steht ja schon bei Ihnen allen in dem Ruf, unter ‚Hirngespinsten' zu leiden", erwiderte ich bitter. „Lady Campbell nannte es sogar einmal Zwangsvorstellungen. Ich hätte ihm einen schlechten Dienst erwiesen, wenn ich seiner Familie noch einen weiteren Beweis für diese Annahme geliefert hätte."

Alan erwiderte schweigend meinen Blick, und ich fuhr fort: „Auf der Suche nach Colin kam ich auch zu der Treppe, die ‚Ladys Fall' genannt wird. Ich machte kein Licht an, um zu vermeiden, daß jemand auf mich aufmerksam wurde. Meine Kerze war schon ziemlich heruntergebrannt. Als ich zur Mauernische kam, merkte ich zu spät, daß sich dort jemand verborgen hielt – jemand, der die Hand ausstreckte und mir einen Stoß versetzte, so daß ich die Stufen hinunterfiel."

Alans Gesicht war bleich geworden. „So war das also", sagte er nach minutenlangem Schweigen.

Ich nickte. „Colin fand mich; er hatte sich in der Kleiderkammer versteckt – vor der ‚weißen Lady', wie er die Spukgestalt nennt, die ihn so lange verfolgt hat."

„Und Sie glauben tatsächlich, daß Agnes hinter allem steckt?"

„Ja, das glaube ich. Aber beweisen kann ich es nicht."

Alan sagte grimmig: „Aber warum nur, verdammt noch mal? Sie ist doch nicht verrückt! Was hätte sie für einen Grund, so etwas zu tun?"

„Darüber habe ich selbst schon nachgedacht. Und ich glaube, es gibt eine Erklärung." Ich sah aus dem Fenster. Ein Esel mit einem mächtigen Korb auf dem Rücken trottete auf der Landstraße dahin, gefolgt von einem alten Bauern. „Ich vermute, daß Agnes Colin haßt – so sehr haßt, wie sie den kleinen Wolf liebt. Und ehe ich kam, war er ihr hilflos ausgeliefert."

„Daß sie Wolf liebt und Colin nicht, ist mir klar", erwiderte Alan. „Aber was hätte sie nur davon, Colin so zu ängstigen? Und weshalb sollte sie Ihnen etwas Böses antun wollen?"

„Ich glaube, es gibt für beides Gründe. So weiß ich zum Beispiel, daß Agnes dem Jungen einzureden versuchte, er sei ungeeignet, die Erbfolge anzutreten. Sie hat ihm immer wieder gesagt, daß Wolf viel begabter und klüger sei als er. Und ich habe Lady Campbell selbst etwas Ähnliches zu Sir Roderick sagen hören, wenn auch mit anderen Worten. Sie meinte, Colin wäre zu unausgeglichen für eine derart große Verantwortung."

Alan hatte mit gerunzelter Stirn zugehört. Als ich schwieg, holte er tief Atem und sagte: „Jetzt begreife ich langsam, was Sie meinen. Agnes wollte den Weg für Wolf ebnen, indem sie versuchte, aus

Colin ein Nervenbündel zu machen. Sie wird ihm erst alle möglichen Schauergeschichten erzählt haben und kam dann wohl auf die Idee, ganze Arbeit zu leisten, indem sie selbst als ‚weiße Lady' auftrat. Alle sollten glauben, Colin hätte Zwangsvorstellungen ... Und wer weiß, vielleicht hätte sie auf die Dauer sogar mit ihrem Plan Erfolg gehabt. Aber dann kamen Sie, und Colin war ihr nicht länger ausgeliefert. Sie waren von Anfang an auf seiner Seite und setzten sich für ihn ein."

„Ja, ich habe ihre Pläne durchkreuzt. Deshalb versuchte sie mich wohl zu vertreiben, indem sie auch mir Angst einjagte und mich schließlich sogar die Treppe hinunterstieß. Der Stoß war nicht sehr kräftig. Ich glaube, daß es nur eine Art Warnung sein sollte."

„Eine verdammt gefährliche Warnung", stieß Alan zornig hervor. „Sie hätten sich alle Knochen brechen können! Zum Teufel, ich ..."

Er sprach nicht weiter. Der Wirt war wieder im Türrahmen erschienen und fragte, ob wir noch etwas wünschten. Ich schüttelte den Kopf, doch Alan bestellte einen Whisky.

„Den kann ich jetzt brauchen", sagte er.

Der Wirt hatte offenbar Lust auf einen Schwatz, denn er blieb neben dem Tisch stehen und fragte allerlei – was Lord Campbell und die beiden Jungen machten, und wie es in diesem Jahr mit der Jagd auf Rannoch stehe. Alan gab jedoch nur kurze Antworten, bis der Wirt sich endlich mit etwas enttäuschter Miene zurückzog.

„Nur eines verstehe ich nicht", sagte ich, als wir wieder allein waren. „Nämlich wie es Agnes gelungen ist, nachts aus meinem Zimmer zu verschwinden, ohne die Tür zu benutzen. Sie kann sich doch nicht einfach in Luft aufgelöst haben. Colin behauptet, daß die ‚weiße Lady' durch die Wand geht, aber das ist natürlich Unsinn."

„Vielleicht geht sie tatsächlich durch die Wand", murmelte Alan.

Ich hob den Kopf und starrte ihn an. „Nein", sagte er, „ich bin nicht verrückt geworden. Mir ist nur eben eingefallen, daß Sie ja im alten Teil des Schlosses wohnen. Rannoch hat zur Zeit der Kämpfe gegen die Engländer als Unterschlupf für Hochland-Rebellen gedient. Wir wissen von einem Geheimgang, der einst vom Schloß bis zum Altweibermoor geführt hat. Inzwischen ist er verschüttet. Aber vielleicht gibt es noch mehr geheime Gänge und Türen im Schloß, von denen wir nichts wissen."

Ich dachte an die Wandvertäfelung in meinem Zimmer mit den kassettenartigen Vertiefungen und Schnitzereien. „Das würde bedeuten, daß Agnes möglicherweise jederzeit in Colins Zimmer kommen kann – und in meines auch", sagte ich schaudernd.

Alan nickte. „Ja, das fürchte ich fast. Jenny, wir müssen etwas unternehmen."

„Ja, das müssen wir – aber was?"

„Ich werde mit meinem Bruder sprechen", sagte er entschlossen.

„Meinen Sie wirklich, daß er uns glauben wird? Die ganze Geschichte klingt so phantastisch. Ich habe ja keinerlei Beweise, und Agnes würde natürlich alles abstreiten."

Alan überlegte eine Weile. Seine Lippen waren hart aufeinandergepreßt, und ich sah, wie seine Kiefermuskeln arbeiteten. Schließlich murmelte er: „Sie haben recht. Besonders meine Schwägerin würde sich bestimmt nur durch handfeste Beweise überzeugen lassen. Sie kennt Agnes ja seit ihrer frühesten Kindheit und vertraut ihr. Es würde wohl nur damit enden, daß Sie und nicht Agnes Rannoch verlassen müßten . . . Nein, wir brauchen Beweise!"

„Und wie sollen wir die beschaffen?"

Wir sahen uns ratlos an. Plötzlich sagte Alan: „Wir müssen Agnes auf frischer Tat ertappen – das ist die einzige Möglichkeit."

Die Kinderfrau zu stellen, wenn sie nachts wieder in meinem oder Colins Zimmer auftauchte . . . Ja, das war kein schlechter Einfall.

„Aber es kann Tage oder vielleicht sogar Wochen dauern, bis sie es wieder versucht. Und sie ist eine große, kräftige Frau. Ich glaube nicht, daß ich gegen sie eine Chance hätte", erwiderte ich zögernd.

„Es kommt auch gar nicht in Frage, daß *Sie* den Versuch machen,

Agnes zu stellen. Das wäre zu gefährlich, Jenny." Alan sah nachdenklich in sein Whiskyglas. „Die Zimmer können wir auch nicht tauschen, das wüßte sofort jeder im ganzen Schloß."

Plötzlich hob er den Kopf, und seine Augen waren seltsam hell, fast eisblau. „Hören Sie, wie war das doch vergangene Nacht? Agnes ist in Colins Zimmer gekommen und hat ihn durchs Schloß verfolgt, während Sie auf dem Ball waren?"

„Ja. Wenn ich dagewesen wäre, hätte er sich zu mir flüchten können, und . . ." Ich stockte und fügte halblaut hinzu: „Agnes muß beobachtet haben, daß ich mit Ihnen zum Ball ging. Sie wußte, daß Colin allein sein würde."

„Und so hat sie die Gelegenheit benutzt, ihm wieder einmal einen tüchtigen Schrecken einzujagen", vervollständigte Alan grimmig. „Na gut, wir beide werden dafür sorgen, daß sie diese Gelegenheit recht bald wieder bekommt."

Ich starrte ihn an. „Aber Alan . . ."

Er faßte über den Tisch hinweg nach meiner Hand und hielt sie fest. „Keine Angst, Jenny. Wir stellen ihr eine Falle, in die sie bestimmt gehen wird, wenn wir es nur klug genug anfangen. Lassen Sie mich erklären, wie ich mir die Sache denke."

Er begann mit leiser Stimme seinen Plan auseinanderzusetzen, und ich hörte mit wachsendem Interesse zu.

18

Colin hatte sich aus dem Fenster des Schulzimmers gebeugt und schrie aus vollem Hals: „Ich find's gemein, daß ihr mich nicht mitnehmt! Warum kann ich nicht mitkommen?"

„Was willst du denn auf einem Fest mit lauter erwachsenen Leuten?" brüllte Alan zurück.

„Jenny ist doch auch noch nicht erwachsen!"

„Halt den Schnabel, du Frechdachs!"

Wir standen auf dem Hof zwischen der Rückfront des Schlosses und den Stallungen. Verstohlen spähte ich zu den Fenstern des Kinderzimmers hoch. Hinter den Scheiben brannte Licht, und ein Vorhang flatterte im Luftzug.

In der Abenddämmerung waren Colins Kopf und Schultern nur noch verschwommen zu erkennen. Er hatte im Schulzimmer kein Licht angemacht. Ich rief: „Geh nicht zu spät ins Bett!" und er schrie trotzig zurück, daß er so lange aufbleiben werde, bis wir wiederkämen.

„Versuch das nur, dann kannst du was erleben!" drohte Alan. Dann ging er mit langen Schritten zur Remise, um seinen Morris zu holen, während ich stehenblieb und wartete. Der Motor heulte ein paarmal laut auf; es klang, als würde ein Lastwagen mit Anhänger in den Hof einfahren.

Als Alan gewendet hatte, öffnete ich den Wagenschlag. Im gleichen Moment streckte Sir Roderick den Kopf aus dem Fenster seines Arbeitszimmers und schrie: „Verdammt noch mal, du machst ja einen Krach, mit dem man Tote aufwecken könnte, Alan! Ich dachte, ihr wärt längst losgefahren!"

Ich sah mich nach Colin um, doch er war verschwunden. Alan rief seinem Bruder noch etwas zu; dann starteten wir mit viel Getöse. Die Reifen quietschten, als wir haarscharf um die Ecke des rechten Flügels bogen. Wir preschten über den vorderen Schloßhof, daß der Kies spritzte, und als wir das Gittertor passierten, drückte Alan auch noch kräftig auf die Hupe.

„Wer jetzt noch nichts von unserer Abfahrt mitbekommen hat, muß wirklich stocktaub sein", sagte ich.

Alan lachte. „Ja, wir haben unsere Sache gutgemacht, nicht? Und ich muß sagen, daß Colin das Zeug zu einem Schauspieler hat."

„Hoffentlich haben wir nicht zu dick aufgetragen."

„Das glaube ich nicht. Sie ahnt doch überhaupt nichts – wieso sollte sie also Verdacht schöpfen?“

Wir fuhren den Abhang hinunter und erreichten den Waldrand. „Nur noch diese Kurve“, sagte Alan, „dann kann man uns vom Schloß aus nicht mehr sehen.“

Er parkte seinen Wagen im Gehölz, und wir stiegen aus. Es war ein ungewöhnlich dunkler, windiger Abend. Wolkenfetzen jagten über den Himmel, und von Zeit zu Zeit hüllte der Mond das Hochmoor in sein geisterhaftes Licht. Im Schutz der Bäume stapften wir schweigend wieder den Hügel hinauf.

Da der Weg sehr steinig war, kamen wir nur langsam vorwärts. Die Taschenlampe hatten wir im Wagen zurückgelassen, weil wir nicht riskieren wollten, daß der Lichtschein vom Schloß aus beobachtet wurde.

Nach einer Weile streckte Alan wortlos die Hand aus, und ich ergriff sie dankbar. Es war mühselig, sich in der Finsternis alleine vorwärtszutasten, und ich hatte Angst – Angst vor dem bevorstehenden Abenteuer dieser Nacht und den dunklen Umrissen der Felsblöcke, Büsche und Bäume, die wie lauernde Ungeheuer vor uns auftauchten.

„Ihre Hand zittert ja“, sagte Alan.

„Ich habe Angst.“

„Das brauchen Sie nicht. Ich bin ja bei Ihnen.“

Der Weg, der mir zuerst so kurz vorgekommen war, schien nun kein Ende zu nehmen. Nach einer Biegung tauchte hoch über uns das Schloß auf. Es wirkte düster und bedrohlich unter den Wolkenfetzen, die wie schwarze Schleier darüber wegzogen.

„Wir machen einen Umweg durch den Park und schleichen uns von hinten her an“, sagte Alan. „Dann betreten wir den linken Flügel durch eine Turmpforte, die kaum benutzt wird. Ich habe sie gestern spätabends noch frisch geölt, damit sie nicht quietscht.“

Ein Käuzchen schrie, ein zweites antwortete. Der Mond verschwand hinter den Wolken. Wir huschten gebückt über den verwachsenen Pfad und erreichten die Parkmauer.

Die Pforte stand einen Spalt offen. Ich warf einen Blick auf das Schloß, dessen erleuchtete Fenster in der Dunkelheit wie die Augen eines Luchses glühten. Ein Vogel flatterte erschrocken aus dem ersten Schlaf auf, als wir die uralten Eiben passierten. Der Wind raunte in den Baumwipfeln.

„Wie spät mag es sein?" flüsterte ich.

„Fast zehn. Treten Sie nicht auf den Kies, Jenny, das knirscht höllisch!"

Das letzte Stück zwischen Park und Schloß war am gefährlichsten. Wir schlichen dicht an der Mauer entlang und hielten uns dabei an der Hand wie Kinder bei einem heimlichen Abenteuer.

Die Seitenpforte, zu der Alan mich fühte, war nicht verschlossen. Sie öffnete sich lautlos, als er die Schulter dagegenstemmte. Das Innere des Treppenturms war schwarz wie Tinte. Wir schoben die Tür hinter uns zu, lehnten uns gegen die kalte Mauer und verharrten einen Augenblick, um Atem zu schöpfen.

„Hier ist's verdammt dunkel", flüsterte Alan. „Aber selbst wenn wir die Taschenlampe mitgebracht hätten, wäre es Leichtsinn, Licht anzumachen. Wir müssen es eben so versuchen. Ich bin sicher, daß ich mich noch zurechtfinde. Als Kind war das mein bester Schleichweg, wenn ich nicht gesehen werden wollte."

„Pst – was war das?" zischte ich.

Wir lauschten angespannt. Noch einmal erklang jener seltsame Laut, der mich erschreckt hatte – ein Geräusch wie von Pergament, das im Wind raschelt.

„Wahrscheinlich ist's nur eine Fledermaus", sagte Alan dicht an meinem Ohr. „Davon gibt es hier nämlich eine Menge. Fürchten Sie sich?"

„Nicht, wenn es sich wirklich nur um Fledermäuse handelt."

Wir zogen beide unsere Schuhe aus und tasteten uns auf

Strümpfen zur Treppe.

„Halten Sie sich nur an meinem Arm fest, Jenny, ich führe Sie.“

Es war ein seltsames, grauenerregendes Gefühl, durch diese undurchdringliche Finsternis zu gehen. Ich hielt die freie Hand ausgestreckt, weil ich fürchtete, ich könnte jeden Augenblick gegen eine Mauer stoßen. Die Treppe wand sich spiralenförmig nach oben, und die Stufen schienen kein Ende zu nehmen. Bald wurde mir schwindlig wie einem, der sich mit geschlossenen Augen im Tanz dreht.

Plötzlich stolperte ich, und Alan fing mich auf. Einen Herzschlag lang hielt er mich an sich gedrückt – fest, warm und sicher; und mir war, als könnten seine Arme alles Schlimme, Bedrohliche dieser Welt ausschließen.

„Jetzt haben wir's gleich geschafft“, flüsterte er tröstend.

„Woher wissen Sie das? Können Sie im Dunkeln sehen?“

„Nein, aber ich hab's im Gefühl. Als Kind hätte ich diese Treppe im Schlaf gehen können.“

Endlich, endlich stieß Alan eine Tür auf, und wir traten über die Schwelle auf einen Korridor. Nach der Finsternis im Turm kam es mir hier fast hell vor, weil ich die hohen Fenster erkennen konnte und die verschwommenen Umrisse der Truhen und Wandteppiche sah.

Ich atmete auf. Sekundenlang blieben wir stehen und lauschten. Alles war still. Nun konnten wir uns rascher bewegen. Wir überquerten den Flur, bogen nach links in einen Seitengang ein und eilten eine Treppe hinauf. Irgendwo in der Tiefe des linken Flügels erklangen schwere Schritte. Wir wußten beide, daß das McGregor war, der seine abendliche Runde durchs Schloß machte.

Colin schien uns schon erwartet zu haben. Als wir den Flur erreichten, der zu unseren Zimmern führte, öffnete sich seine Tür, und er winkte uns zu.

„Hat euch jemand gesehen?“ fragte er halblaut, während Alan behutsam die Tür hinter sich schloß.

Ich schüttelte den Kopf und ließ mich in einen Sessel fallen. Alan sagte im Flüsterton: „Hast du unsere Abmachung vergessen? Wir dürfen von jetzt an kein Wort miteinander reden. Falls es hier wirklich einen Geheimgang gibt, wäre es möglich, daß man es dort hört, wenn im Zimmer gesprochen wird. Und jetzt lösche das Licht und verschwinde in dein Bett."

Colin machte ein aufrührerisches Gesicht, erwiderte jedoch nichts und befolgte Alans Anweisungen. Während er ins Bett schlüpfte, holte Alan eine Decke aus dem Wandschrank und brachte sie mir, und ich breitete sie über meine Knie. Er selbst stellte den zweiten Sessel in die Ecke zwischen Wandschrank und Nachttisch und nahm dort Platz, so daß er das Bett und die dahinter befindliche Wand gut im Auge behalten konnte.

Dann begann die Zeit des Wartens. Die Wanduhr durchschnitt die Stille mit fast aufdringlich lautem Ticken. Manchmal bewegte Colin den Kopf auf dem Kissen oder stieß ein leichtes Seufzen aus. Die Wandvertäfelung knackte, und der Wind raunte im Kamin. Ich saß wie gebannt da und wagte mich so lange nicht zu bewegen, bis ich merkte, daß mein rechter Fuß eingeschlafen war.

Gerade als ich das Bein langsam auszustrecken versuchte, hörte ich ein Geräusch. Auch Colin mußte etwas bemerkt haben, denn er richtete sich unvermittelt im Bett auf. Ich sah, wie Alan ihm zuwinkte, und Colin hielt plötzlich in der Bewegung inne wie eine automatische Puppe.

Es war ein sachtes, fernes Scharren und Rascheln, das aus der Wand zu kommen schien. Mein Herz tat einen dumpfen Schlag und hämmerte dann so wild, daß ich es bis in den Hals hinauf spürte. Ich vergaß meinen eingeschlafenen Fuß und starrte auf die dunkle Holzvertäfelung hinter Colins Bett, von der die Geräusche kamen.

Der Mond stand nun über dem Schloßpark und warf sein silbriges Licht auf den Teppich unter dem Fenster. Ich erinnere mich noch heute, wie deutlich ich in jenen Augenblicken das Muster aus gelben

Drachen auf dunklem Grund sah – so deutlich, als wären meine Sinne übernatürlich geschärft. Dabei wurden die schnarrenden Geräusche langsam lauter; sie näherten sich unaufhaltsam, und dazwischen hörte ich Colins unterdrückte Atemzüge.

Nun beugte sich Alan im Sessel vor. Ich sah den Umriß seines Oberkörpers, der mich an ein sprungbereites Tier erinnerte. Und während ich noch ungeheure Dankbarkeit dafür empfand, daß es ihn gab, daß er mir vertraut hatte und all das für mich tat, wußte ich plötzlich, daß ich ihn liebte.

Ich zuckte zusammen. Ein schwaches Gleiten, gefolgt von einem schnappenden Laut ... Mit einer Mischung aus Grauen und Faszination beobachtete ich, wie sich die Wand hinter dem Nachttisch bewegte, sich zu teilen schien.

Eine hochgewachsene, weißgekleidete Gestalt erschien in der Öffnung und trat ins Zimmer.

Dann passierte alles gleichzeitig. Colin schrie auf, Alan stürzte vor und packte die Gestalt am Arm; und ein kurzes Handgemenge entstand. Ich lief durchs Zimmer; mein rechtes Bein fühlte sich an, als wäre es mit Glaswolle gefüllt. Endlich erreichte ich die Tür, tastete nach dem Lichtschalter.

Das Licht ging an, und wie auf ein geheimes Zeichen hin hörte die Gestalt plötzlich auf, sich gegen Alans Griff zu wehren. Sie hob den Kopf und stand starr und unbeweglich wie eine Statue in der erbarmungslosen Helligkeit.

Eine kleine Ewigkeit verstrich. Keiner von uns sprach ein Wort. Colin saß mit weit aufgerissenen Augen im Bett. Er war sehr blaß, doch auch Alans Gesicht war unter der Sonnenbräune bleich geworden. Er hielt die Gestalt am Oberarm gepackt und streckte die linke Hand aus, um ihr den Schleier vom Gesicht zu ziehen.

Es war Agnes, die alte Kinderfrau.

Ich stieß seufzend den Atem aus; meine Glieder waren seltsam schwach. Plötzlich brach Colin in verzweifeltes Schluchzen aus. Ich lief zum Bett und nahm ihn in die Arme. Im Hintergrund klaffte die Öffnung zum Geheimgang wie ein schwarzer Schlund.

Agnes war noch immer wie in einer Art Betäubung. Sie wehrte sich auch nicht mehr, als Alan sie zur Tür führte.

„Mein Bruder und seine Frau sollen entscheiden, was mit Ihnen zu geschehen hat", sagte er nur.

Sie gab keine Antwort. Es war, als hätte sie ihn nicht gehört. Sie wirkte wie eine Schlafwandlerin.

Ich streichelte Colins tränennasses Gesicht, während sich die Tür hinter Alan und der Kinderfrau schloß.

„Jenny – warum hat sie das getan? Warum nur?" schluchzte er.

Ich sagte: „Weil sie krank ist, Colin. Ihr Geist ist verwirrt."

„Was werden sie mit ihr tun?"

„Sie wegschicken. Vielleicht muß sie in ein Krankenhaus – eine Nervenheilanstalt, weißt du. Du brauchst keine Angst mehr zu haben. Jetzt ist alles gut."

„Und sie wird nie wieder in mein Zimmer kommen?" Colin sah mich beschwörend an. „Sie wird nie mehr wiederkommen?"

„Nein", antwortete ich fest. „Sie kommt nie wieder."

19

Oft schon habe ich mich gefragt, wie wohl alles ohne Alans Hilfe geendet hätte. Vielleicht hätte ich Schloß Rannoch verlassen müssen, und Agnes wäre geblieben. Wie sehr die glückliche Wendung der Ereignisse nicht nur mein eigenes, sondern auch Alans und Colins Schicksal bestimmte, wurde mir erst später richtig klar.

Zehn Jahre sind seitdem vergangen. Und doch erscheint es mir manchmal, als wäre es erst gestern gewesen, daß ich ein junges Mädchen war und den schluchzenden Colin im Arm hielt. In Wirklichkeit ist mir Colin längst über den Kopf gewachsen. Er studiert an einem englischen College und besucht uns regelmäßig in den Sommerferien. Die alte Agnes ist schon vor acht Jahren in einer Nervenheilanstalt bei Glasgow gestorben.

Auch Großtante Victoria lebt nicht mehr. Sie erlitt einen Herzschlag, nachdem sie lange bettlägerig war und ihre Dienerschaft weidlich traktierte. Wir erfuhren erst nach ihrem Tod, daß sie Burg Lochiel und ihr gesamtes Vermögen Alan und mir zu gleichen Teilen vermacht hatte.

Ja – Alan und mir; denn wir hatten noch vor Lady Victorias Erkrankung geheiratet. Die Geburt unserer Tochter Vicky erlebte sie jedoch nicht mehr.

So wohnen wir heute auf Lochiel, „einem der düstersten und ältesten Gemäuer Schottlands", wie Sally Campbell die Burg einst nannte. Freilich gibt es dort mehr dunkle Nischen und verwinkelte Flure als sonst irgendwo. Und wenn die Herbststürme übers Hochland fegen und die Wellen des Sees gegen die Grundmauern klatschen, johlt der Wind in den Kaminen und pfeift durch die Korridore. Doch wir drei könnten nirgends glücklicher sein als auf unserer einsamen Burg in Schottland – Alan, Vicky und ich.

URSULA ISBEL

Stimmen aus dem Kamin
Ein Romantik-Thriller

Auf Burg Greifenstein passieren seltsame Dinge: aus dem Kamin ertönen Stimmen, seltsame Wesen geistern durch den Wald. Können Gräber sprechen? Jessica ist verzweifelt. Spukt es wirklich oder will jemand sie vertreiben?
Ein Romantik-Thriller,
der vor Spannung knistert.

Schneider-Buch

Die Seite zum Lachen

„Mein Mann ist Schriftsteller geworden!"
„Aha, schon was verkauft?"
„Ja, meinen gesamten Schmuck!"

„Sind Sie mit dem Bräutigam näher befreundet?"
„Keineswegs! Ich bin die Mutter der Braut!"

In den vatikanischen Museen in Rom fragt ein junger Mann eine Dame höflich: „Verzeihen Sie, können Sie mir vielleicht sagen, wo ich hier die Laokoon-Gruppe finde?"
„Nein, tut mir leid", erwidert die Dame, „ich reise mit Touropa!"

Zwei Bazillen treffen sich. „Ich habe dich ja seit Wochen nicht gesehen", fragt die eine, „warst du krank?"
„Ja, ich hatte Penicillin!"

★ ★ ★ ★ ★

Ein Engländer und ein Bayer streiten sich wegen der Aussprache. Der Engländer: „Wir schreiben ‚house' und sagen ‚haus'."
Darauf antwortet der Bayer: „Das ist noch gar nichts! Wir schreiben ‚wie bitte' und sagen ‚ha'."

Die Lebensgeschichte eines Hähnchens: see me – feel me – kill me – grill me.

● ● ● ● ● ● ● ● ●

Ein Schotte trifft einen Freund, der einen schicken, nagelneuen Wagen fährt. „Woher hast du denn diesen tollen Schlitten?" fragt er neugierig.
„Ja, mein Lieber, das war so: Ich stand auf der Straße, da hielt ein Mädchen und ließ mich mitfahren. Nach einer Weile bog sie in eine einsame Waldschneise, zog sich aus und sagte: ‚Nimm dir, was du haben willst!' Da habe ich natürlich den Wagen genommen!"
Da sagt der Freund: „Du, das finde ich vernünftig! Ihre Kleider hätten dir ja sowieso nicht gepaßt!"